彼女が先輩にNTR《ねとら》れたので、先輩の彼女をNTR《ねとり》ます

震電みひろ

角川スニーカー文庫

22933

CONTENTS

口絵・本文イラスト／加川壱互　　口絵・本文デザイン／東原高明(LUCK'A Inc.)

一　彼女が先輩と浮気してました

俺、一色優《いっしきゆう》は、それを見た時、手が震えていた。

……ウソだ……ウソだろ……？

だがスマホの画面に現れたソレは、残酷なほどに二人の関係を伝えてきた。

＞(鴨倉《かもくら》先輩)カレン、もう帰った？

＞(カレン)うん、いま家に着いたところ。

＞(鴨倉先輩)俺もさっき家に帰ってきた。でももうカレンに会いたくなったよ。

＞(カレン)カレンも！　まだ先輩の感じが残ってる！

＞(鴨倉先輩)『グッド！　のスタンプ』

＞(カレン)『最高！　のスタンプ』

＞(鴨倉先輩)カレン、マジで良かった。もう俺の専属になっちゃえば？

＞(カレン)え〜、だって先輩は彼女がいるじゃん。桜島燈子《さくらじまとうこ》先輩。

＞(鴨倉先輩)でもさぁ、俺とカレンって、マジで身体《からだ》の相性がイイと思うんだよね。

＞(カレン)カレンもそう思う！

＞（鴨倉先輩）だろ？　だからもっと一緒に居られるようにしようぜ！
＞（カレン）今でも週イチは♡じゃん！
＞（鴨倉先輩）俺は毎日でもＯＫ！
＞（カレン）（笑）
＞（鴨倉先輩）カレンも言っていたじゃん。一色のヤツよりイイって。

それ以上先は、さすがに読む気にならなかった。数回スクロールしたところまでで十分だ。


俺はその画面を自分のスマホのカメラで撮った。

同様のメッセージのやり取りが三回分ほどある。

その日付は、確かに俺とは会っていなかった日だ。

カレンが「友達と会ってた」「家族で食事に行く」「レポートをやる」と言っていた日。

だがそれらの日に俺の彼女であるはずの蜜本《みつもと》カレンは、俺のサークルの先輩である鴨倉哲也《てつや》と会っていた訳だ。……ラブホテル、その他もろもろの場所で。

女性向けのネットの恋愛相談を見ると、こういう時は悪いのは彼氏だそうだ。

――彼女を信じない、彼氏が悪い――

――彼氏が彼女を大事にしていないから浮気される。自業自得――

――勝手に他人のスマホを見るとかあり得ない。最低！　――

俺はカレンのスマホを、彼女の着ていたジャケットに戻した。

最近、カレンはスマホを換えた。なんでも指紋認証の反応が鈍いらしく、スマホはPIN入力にしていた。俺はそのPINコードを知っている。元彼の誕生日だ。俺は偶然からその日を知ってしまった。

それでカレンのスマホが振動した時、表示の『洋子《ようこ》先輩』で画面を開いてしまったのだ。

なぜなら『洋子先輩』は俺のバイト先の先輩だ。カレンとは面識は無いはずだ。

そして開いたら、画面に表示されたのは先ほどの内容だった……という訳だ。

ここはラブホテル。カレンは今、シャワーを浴びている。

俺は脱ぎ捨てた衣服を身につけると、そのまま黙ってホテルを出た。

途中で「用事が出来た。先に帰る」とメッセージを送る。


俺はホテルの近くの駅には向かわず、アテもなくフラフラと歩いた。

あのままホテルにいてカレンの顔を見たら、俺は自分が何をしたか解《わか》らない。

激しく問い詰めるのか、取り乱し泣《な》き喚《わめ》いてしまうのか、それともカレンに暴力を振るってしまうのか？

俺はそれを避けるため、一人でホテルを出たのだ。

ショックのあまり、まともな思考が出来なかった。

なんか頭の中がグルグルする。目眩《めまい》のような夢の中のような感じだ。

……そうだ、いっそこれは悪い夢であってくれれば……

だがこれが夢じゃない事は解っている。現実だ。

俺――城都《じようと》大学理工学部情報工学科一年、一色優は、
彼女――城都大学文学部英米文学科一年、蜜本カレンに【浮気された】のだ。

その相手は、俺の高校・大学・そしてサークルの先輩である『鴨倉哲也』だ。

心が張り裂けそうな、それでいて空っぽのような、そんな何とも言えない気持ち。

いつの間にか、俺は江戸川《えどがわ》の土手まで歩いて来ていた。

川面《かわも》を渡る冷たい夜風が、断続的に俺の顔を叩《たた》く。

だが今の火照った頭の俺には丁度いい。

俺は土手に座り込んだまま、しばらく川を見つめていた。

……鴨倉の野郎。なんだってカレンに手を出しやがったんだ。自分はあんな美人の彼女がいるクセに……

鴨倉哲也の彼女、桜島燈子は俺達と同じく城都大学理工学部情報工学科の二年生だ。

俺も鴨倉哲也も桜島燈子も、三人とも同じ千葉県立海浜幕張《かいひんまくはり》高校出身で、同じ大学で同じ学部学科、そして同じサークルに所属している。

燈子先輩は大学内で彼女を知らぬ者はいないくらい、有名な美人だ。

知性とお淑《しと》やかさを湛《たた》えた清楚《せいそ》な美貌、そして女性からも羨まれるほどの抜群のプロポーション。周囲からは『陰のミス城都大』『真のキャンパス女王』と呼ばれている。

実際、燈子先輩は学園祭で『ミス城都大』にノミネートされており「出場すれば優勝は確実」と言われたが、本人がそれを断ったと聞く。

外見的な美しさに溺れない、しっかりと自分を持った品のある才媛なのだ。

当然、彼女は高校時代から男子の注目の的だった。高校では文芸部部長で図書委員だった彼女は、いつも図書室にいたので『図書室の女神様』と呼ばれていた。

多くの男子生徒が彼女見たさに図書室に通い、登下校の最中で彼女を見かければそれが話題になるほどだった。俺も高校時代から彼女に憧れていた男子生徒の一人だ。

そんな燈子先輩が大学二年になってから付き合うようになったのが、先輩より一つ上の鴨倉哲也だ。

……燈子先輩は、鴨倉のヤツがカレンと浮気している事を知っているのだろうか……？

胸の内に、急に悔しさと怒りが込み上げてきた。

「このままにはしておけない」

そんな考えが俺の脳裏を支配する。俺はスマホを取り出した。

記録されている電話帳の中から、『桜島燈子』を選び、通話ボタンを押す。

三コールほどで相手が出た。

「はい？」

怒りと悲しみと絶望が渦巻く中で、俺は夢遊病者のように言った。

「燈子先輩。俺と浮気して下さい」


「って言ったのか？　オマエ。あの『真のミス城都大』に？」

驚愕《きょうがく》の目で石田洋太《いしだようた》は俺を見た。

「ああ、もうあの時は、どうなったっていいって気持ちになってたからな」

俺はやはり投げやりな調子でそう言った。

石田洋太。コイツとは中学時代からの付き合いだ。

中学は違ったが塾が一緒で仲良くなり、高校では一年からずっと同じクラスだった。大学の学部も学科も同じだ。

俺が「カレンに浮気された。相手は鴨倉先輩だ」って連絡したら、心配して俺の家まで来てくれたのだ。

「それで、燈子先輩は何て答えたんだよ」

石田は「グビッ」というように喉を鳴らした。

「燈子先輩は……」

俺は虚《うつ》ろな調子で語り始めた。

「いったい、何を言ってるの、君は？」

俺の第一声を聞いた燈子先輩は、半分驚き、半分呆《あき》れた感じでそう言った。

「意味わかりませんか？　俺とＳＥＸして下さい、って言ってるんです」

俺は淡々とそう言った。もはや世間体も、後に周囲で噂《うわさ》される事も、どうでもいい。

しばらくの沈黙の後、やっと燈子先輩が口を開いた。

「何があったの？」

スマホから合成された音声であるにもかかわらず、その声音は俺を本当に気遣っているように聞えた。

俺はそれに答えられなかった。何から話していいのか、思いつかなかったのだ。

……アンタの彼氏が、俺の彼女を寝取ったから……

……その仕返しに、俺はアンタをアイツから寝取ってやりたい……

……俺にはそうする権利がある……

……裏切られたアンタも、同じようにそうすべきだ……

そんな思いが、断片的に頭の中を渦巻いている。だがうまく言葉として出てこなかった。

再びスマホから燈子先輩の声が聞えた。

「何か事情があるんでしょ？　それを話して欲しい。私は、君がそんな非常識なことを、理由もなく言う人間じゃないと思っているから」

その言葉を聞いた途端、俺の両目から一気に涙が溢《あふ》れ出てきた。

そう、俺は非常識な人間じゃない。どっちかと言うとノーマルな方だ。

普通じゃないのはアイツラだ。鴨倉哲也と蜜本カレン。

後輩の彼女を寝取って平然と先輩ヅラしている男と、彼氏の先輩と浮気して平気な顔をしている女。

それを燈子先輩に指摘されて、俺は苦しかった思いが一気に、涙と一緒に流れ出てきたのだ。

「お、俺の彼女の、カレンと……鴨倉先輩が……浮気してて……俺、それで……もうどうしたらいいのか……」

嗚咽《おえつ》と共にそれだけ言うのが精一杯だった。

電話の向こうで燈子先輩が息を呑《の》む気配が伝わる。

「……本当なの、それは？」

「ウソで、あって……欲しいです……俺は……」

その後は言葉にならなかった。ただ自分が嗚咽し、鼻を啜《すす》る音がスマホから聞えてくる。

「一色君、とりあえず落ち着きなさい。詳しい話は明日聞くわ。それまで、その話は周囲の人間にはしないように」

そう言って燈子先輩は電話を切った。

「だけど自分一人では、居ても立ってもいられなくて、それで部屋に戻ってから石田にだけ連絡したんだ」

俺は事の一部始終を石田に話した。

「まぁな、それは一人で抱え込むのはツライだろう。俺に話して良かったと思うよ」

石田はそう言ってくれた。

こんな事、他人に話したからって気分が軽くなる訳じゃないが、それでも一人でいるよりはマシかもしれない。

「これからカレンちゃんとは、どうするつもりなんだ？」

石田に指摘されて、俺は初めてその事に思い当たった。

……そうだ、俺はこの先、カレンとどうしたいんだ……？

「許せない」という思いはある。

だが同時に「今すぐ別れてやる」という決心もつかない。

「まだどうするか決まってない。だけどこのまま済ますつもりもない」

「そんなに簡単に割り切れるモンじゃないだろうからな」

そこで石田は身を乗り出した。

「それで燈子先輩とは、どうするんだ？」

「どうって？」

「明日、会うんだろ？　で、燈子先輩に迫ってヤルつもりか？」

　俺は考え込んでしまった。

「あの時は勢いでそう言ったけど……燈子先輩の気持ちもあるからな。それにあの燈子先輩が、そんなに簡単にヤラせてくれるとは思えない」

「そうだよな。彼女は堅そうだからな」

　石田は手を頭の後ろに組んで仰《の》け反《ぞ》った。

「優、オマエは燈子先輩にどう話すつもりだ？」

「それもまだ決めてない。ただ俺が知っている事は、全てそのまま話すつもりだ」

「証拠物件である『カレンちゃんと鴨倉先輩のやりとり写真』もか？」

「おそらく」

「う〜ん」石田はしばらく考え込んでいた。

「『やるな』とは言わないが、言い方や出すタイミングは考えた方がいいと思うぞ。よく浮気された場合『男は女を恨むが、女は浮気相手の女を恨む』って聞くからな」

　俺には石田が言う意味がよく理解できなかった。

いや、あの日の俺の頭では、何かを考える余裕が無かったと言う方が正しいだろう。

ともかく、燈子先輩に会って、全てをぶっちゃける。

それしか俺の頭にはなかった。


翌日の午後三時。

俺は大学からは離れた駅にあるコーヒーショップに居た。燈子先輩と会うためだ。

俺は約束の時間の十五分前に到着して、席を取って待っていた。

燈子先輩にどう話すべきか、考えていたのだ。だが一向に考えはまとまらなかった。

それに……燈子先輩に話すため『カレンと鴨倉の浮気』について考えていると、どうしても二人の逢引《あいび》きに想像が行ってしまうのだ。

……二人はどうして浮気するに至ったか。

……カレンと鴨倉は、アノ時はどういう事をやっているのか？

……カレンはどんな反応を？

……行為の後は、二人はどんな会話をしているのか？

考えると悔しさと辛《つら》さで、自分が保てなくなりそうだ。

いっそカレンに関する記憶の部分を、脳みそからエグリ出したいくらいだ。

そんな状態で悶々《もんもん》としていた俺が、燈子先輩に話す内容など纏《まと》まるはずがない。

燈子先輩は約束の五分前にやって来た。時間や待合せに几帳面《きちょうめん》な人なのだ。

ベージュの薄手のジャケットに、ハイネックの薄手のセーター、そして白い太股《ふともも》が眩《まぶ》しいチェックのキュロット・スカート。

十月としては標準的な服装だが、店内にいた男性の多くの視線が燈子先輩に集まる。

燈子先輩は背が高くスタイルもいい。モデル、いやグラビアアイドル並のスタイルだ。

黒髪ロングが似合う知的で清楚な美人。そして身体《からだ》全体はスレンダーな細身にもかかわらず、胸は理想的な形の巨乳だ。

派手さは全くないが、それでも人目を惹《ひ》きつけずにはいられない端麗な容姿なのだ。

「コーヒーを頼んでくるから、ちょっと待ってて」

彼女はバッグとジャケットをイスに置くと、カウンターの方へ向かった。

やがてラージサイズのコーヒーカップを持って戻ってくる。

俺の前に座ると、彼女はそのままの姿勢で俺に言った。

「まずは順を追って話して。君はどうして、カレンさんの浮気を知ったのか？　そしてその相手が哲也だって思ったのはなぜか」

「俺がたまたまカレンのスマホを見たんです。そしたら、鴨倉先輩とのＳＮＳのやり取りがあって……」

俺は昨夜の事を話し始めた。思い出すのも辛いが、もう泣いてはいない。

心の苦しさは変わらないが、同時に感情が乾いたような気がした。

話を聞いていく内に、燈子先輩の表情も堅くなっていく。

「それで、その証拠の写真はあるの？　あるなら見せて頂戴」

俺はスマホに、カレンと鴨倉先輩のメッセージ画像を表示し、燈子先輩に手渡した。

燈子先輩はその写真を一つずつ丹念に見ていく。彼女の顔色が青ざめていくのが解《わか》る。

五分ほど彼女は、そのままの姿勢だっただろうか。

「どうやら嘘《うそ》をついているのではないようね」

燈子先輩は青白い顔をしたまま、そう言った。

俺にスマホを返す手も若干震えている。

「これ見て『浮気してない』なんて、言えないですよ！」

俺はスマホを受け取りながら、吐き出すようにそう答えた。

燈子先輩は自分を落ち着かせようとしているのか、ゆっくりとコーヒーカップを口に近づけた。しかしそのままの姿勢で、コーヒーを飲もうとはしていない。

俺もただ黙ってテーブルを見つめていた。

二人して俯《うつむ》いたまま時間が過ぎて行く。

「それで、君は私にどうしろって言うの？」

五分ほど時間が経《た》った頃、燈子先輩が無理やりのように言葉を押し出した。

いつの間にか、コーヒーカップはテーブルの上に戻してある。

俺は即答できなかった。

……鴨倉のヤツに仕返しするため、アンタをメチャクチャにしてやりたい……

本音はそんな所だが、それは燈子先輩に対して失礼な事なのだ。

彼女自身も被害者なのだから。

「俺は、二人をこのまま許してはおけないんです。だから……」

「だから仕返しとして私と浮気したい、そういう事なの？」

俺は上目遣いに燈子先輩を見た。

目に入って来たのは、彼女の見事に盛り上がったバスト・ラインだ。

……鴨倉の野郎、あの完璧な巨乳を揉《も》みしだいてるクセに、俺の彼女の胸まで触りまくってやがるのか……！

俺の中に、再び暗い怒りの炎が燃え上がるのを感じた。

「そうです」その熱が口から言葉として衝《つ》いて出る。

燈子先輩は無言でコーヒーカップに口を付けた。こういう仕草一つも絵になる女性だ。

やがてコーヒーをテーブルに置くと、彼女は静かにこう言った。

「君の気持ちはわかるけど、それは出来ないわ」

「俺じゃ浮気相手としては不足だって事ですか？」

まぁそれは当然だろう。俺は『燈子先輩が相手なら喜んで！』だが、彼女にだって相手を選ぶ権利はある。誰が見たって、俺と燈子先輩では釣り合わない。

だがそう言われて、やはり俺は相当に悔しかった。

……俺はそんなに鴨倉のヤツに劣っているのか……？

……俺の彼女はヤツに寝取られ、それが解っても燈子先輩は鴨倉以外に身体を許さないほど……

鴨倉に比べて、自分があまりに惨めに思えてくる。

「そんな事じゃないわ。私が浮気をしない理由は主に三つ」

燈子先輩は自分に言い聞かせるように、ゆっくりとした調子で語り始めた。

「一つ目は『哲也が本当にカレンさんと浮気したのか、まだ確認が取れていない』という点」

「それはもう間違いないでしょ。ここに二人がやり取りしたメッセージの画像もあるんだから」

「ええ、おそらく間違いないでしょう。でもそれが誰かの偽造の可能性もある。前にも私と哲也を別れさせるため『鴨倉は他の女と二股を掛けている』って言ってきた男がいるのよ」

「俺はそんな事、しませんよ！」

「私も君はそんな事をする人間じゃないと思っている。だけど君自身が騙《だま》されている可能性もあるでしょ？　もしこの画像がカレンさんのイタズラだったら？」

俺は沈黙した。そんなはずは無い、と思うが、そう言い切る根拠もない。

「二つ目の理由は『ここで私とアナタが浮気したら、相手を責める根拠を失う』ため」

「相手を責める根拠を失う？」俺は聞き返した。

「そうよ。君がこの後、カレンさんとどうするつもりかは知らないけど、私は浮気が事実だったら哲也とは別れるつもり。その時に『オマエだって浮気したんだろ』と言わせないためよ。あくまでコッチはクリーンハンドでなければ！」

なるほど、そういう理屈か。理性的な彼女らしい考えだ。だが……

「燈子先輩は悔しくないんですか？　浮気されっぱなしで、単純に別れるだけなんて。相手に仕返ししたくないんですか？」

「それが三つ目の理由よ」

「どういうことですか？」

「普通の仕返しでは許さないって事よ。相手、哲也に死ぬほどの後悔をさせてやらないと……。私と別れても、カレンさんと付き合うからそれでいい。そんな気分に絶対にならないくらい、『いっそ死にたい』と思うくらいの、後悔と絶望を味わわせてやるわ」

燈子先輩の目から、鬼火のような青い炎が出たような気がした。

同じ被害者の俺でさえ、思わず背筋がゾクッとするような凄《すさ》まじい怒りのオーラだ。

だがそんな俺の様子に気が付いたのか。

彼女はフッとその黒いオーラを打ち消し、大きく一つ深呼吸をするといつもの冷静な声でこう言った。

「でも浮気の確証を摑《つか》むまでは、一旦は相手を信じて様子を見ましょう。イタズラに騒ぐことはどちらにしても良くないわ」

……相手を信じる……

言うは容易《たやす》いが、この状況では難しく苦しい事だ。

俺だってカレンを信じたい気持ちはある。昨日見たメッセージが嘘であればと、これが何かの間違いであってくれればと何度も考えた。

だがあのメッセージのやり取りを思い出すと、それでは抑えきれないものがある。

俺は一呼吸置いた後で、彼女に聞いた。

「それでも二人が浮気をしていたら？」

「そうね……」彼女は腕を組んで拳を顎に当てて考える。

「その時は徹底的にやる。一生トラウマになるくらい……もし私が浮気するとしたら、二人の浮気の証拠を哲也に突きつけた後ね」

思わず俺は顔を上げた。

『浮気するとしたら、相手にその証拠を突きつけた後』だって？　……その時なら俺と？

俺はその場面を想像した。

鴨倉が泣いて燈子先輩に取り縋《すが》ろうとする。

だが彼女は、ニべもなくそれを突き放す。

そしてそんな燈子先輩の隣には俺が……

……これ、実現できたら最高の復讐《ふくしゅう》になるんじゃないか？

だがそんな俺を見て、燈子先輩はすぐに慌てた様子で両手を振った。

「いや、今のは『浮気をする』って意味じゃないから！　さっき一色君が言ったような事をするとしたら今じゃないって意味で。誤解しないで！」

そう言って赤い顔をしながら前言を否定する。

なんだ、たとえ話か。

燈子先輩でもこんな風に興奮して口走る時ってあるんだな。

「ともかく今は様子を見ましょう。哲也とカレンさんが浮気してるにしろ、してないにしろ、まずは確証を摑まないと」

「様子を見るって、具体的にはどうするんですか？　このまま二人を放置するって事ですか？」

俺はまだ半信半疑のまま、そう尋ねた。

今のままじゃ、俺の心が持ちそうもない。

「放っておく訳じゃないわ。最初は騒いだり相手を問い詰めたりせずに、二人を観察するの。まずは確実な浮気の証拠を押さえることが先決だわ」

「燈子先輩の言う『確実な浮気の証拠』って何ですか？」

既にあのSNSのやり取りだけで十分な証拠だと思えるが？

「そうね、一般的に『浮気』と裁判で認定される証拠は、二人でホテルに入ったとか、独身の異性の家で二人だけで一晩過ごしたとか……」

俺は少し考えてから口を開いた。

「それなら二人の浮気場所は、鴨倉先輩のアパートに決定じゃないですか？　俺たちは自宅から通っているけど、鴨倉先輩は確か都内にアパートを借りていますよね？」

「それはないと思うわ」燈子先輩は即座に否定した。

「哲也は社会人のお兄さんと一緒に部屋を借りているの。だから簡単に女の子を連れ込むことは出来ないわ。それにアパートに女の子を連れ込むなんて、私にバレる可能性がある事を哲也がするとは思えない」

なるほど、鴨倉の彼女である燈子先輩がそう言うのなら間違いないだろう。

「だとすると二人はどこか外で会っているって事ですよね」

「そうね。それだと浮気現場を押さえるのは難しいでしょうね」

「あの二人って、どのくらい前から続いてるんだろう」

俺がタメ息交じりにそう言うと、燈子先輩は意外そうに視線を上げた。

「二人のSNSのやり取りを見たんじゃないの？」

「『浮気のやり取り』なんて、そんなに冷静に見てられないですよ！」

俺が吐き捨てるように言うと、彼女は「心が弱いのね」とポツリと言った。

ムッとした俺を見ずに、彼女は先を続けた。

「さっき一色君が見せてくれたSNSの内容。あれを見ると三回から四回程度じゃないかしら？　だとすると夏休みが明けてからって事になるのかな」

「どうしてそう思ったんですか？」

「あの中で『週イチで』っていう発言があったでしょ。それで二人が会ったと思われる日付を見てみると、月曜か木曜の夜だった。その日は確かに私は哲也と会っていないわ」

「俺もです。二人が会っていたらしい日は、俺もカレンに会っていません」

「月曜と木曜は、私が実験と実習の授業がある日なの。だから講義が終わるのは遅くなる時が多いわ。一色君も月曜や木曜は外せない予定があるんじゃない？」

言われてみるとその通りだ。俺も月曜と木曜は五限目まで必修の授業がある。

それに対し、カレンは文学部だから元々授業のコマ自体が少ないし、鴨倉は三年生だからある程度は授業の調整がつくのだろう。

「だけど私が月曜と木曜が遅くなったのは夏休み明けからよ。だから二人が浮気まで進んだのは、まだ三回程度じゃないかって考えたの」

「でも二人が夏休み中に浮気してた可能性もありますよね。時間はタップリあるんだから」

俺の疑問に対し、燈子先輩は小首を傾《かし》げた。

「どうかな。私はその可能性は薄いんじゃないかと思った。二人は土日には会ってないでしょ。つまり現時点で本命の彼氏彼女である私達を優先しているのよね。それに休みの日に出かけていたとなったら、普通の恋人はそれを知れば『今日はどこか行っていたの？』って聞くでしょ。その危険を避けているんじゃないかな」

思い返すと確かに、カレンの様子がおかしかったのは九月に入ってからかもしれない。

そう考えると同時に、俺はこの短い時間で『二人が会っている回数と曜日』まで絞り込んだ燈子先輩の推理力に舌を巻いていた。

「じゃあこれから月曜と木曜は二人の様子を注意して観察して行こう、っていう訳ですね」

「そうね。でもカレンさんを調べるなら十分に注意して。探るようなマネや言動は厳禁よ。私が哲也を調べるより、何十倍も相手に気付かれる危険性が高いんだから」

「そうなんですか？」

「夫婦間の不倫でも、夫は妻の不倫にまず気が付かないけど、妻は夫の浮気を一発で見抜くそうよ。それだけ女は日常生活の変化に敏感なの。ちょっとした仕草や言動の違いで違和感を覚えるのよ」

そういうもんなのか？　だが燈子先輩の冷静な推理を聞いていると、かなりの納得感がある。俺には気付けない着眼点だ。その燈子先輩が言うのだから間違いないのだろう。

「だから君はムリしてカレンさんを調べなくていいわ。『今日は何してた？』なんて絶対に聞いちゃダメよ。ただ彼女の仕草や言動には注意していて。君と行った事のない場所やお店について口にしたり、やけに一緒に行くのを嫌がる場所があったら、それは私に教えてちょうだい」

「わかりました」

「あと、これからは私たちの連絡は、ＳＮＳに別アカウントを作りましょう。それから暗号入力付きのクラウド上に共通でアクセスできるフォルダを作って、写真などの証拠はそこに置くように」

「了解です、このカレンのメッセージ画像も、すぐにクラウドのフォルダに置きます」

燈子先輩と話している内に、なんだか前向きな気持ちになってきた。

桜島燈子、彼女と一緒なら二人に強烈なカウンターパンチをお見舞いしてやれる気がする。

だが最後に、彼女は悲しそうな表情でこう言った。

「さっき私は君に偉そうな事を言ったけど、本当は私だってツラくない訳じゃないのよ。本音を言うと『これがウソだったら』『誰かのイタズラだったら』って思ってる。私だって哲也を信じたい。でも、君が見せてくれた証拠も、一概にウソだとは言えない。だからまずは二人が浮気をしているかどうか、それをハッキリこの目で確かめたいの」

今日、初めて見せた燈子先輩の弱音だ。

当たり前だ。誰だって恋人の浮気を突きつけられて、動揺しないはずがない。

今まで恋人が自分に見せてくれていた笑顔、かけてくれた優しい言葉、思いやりのある態度、そして数々の思い出。

自分だけを愛してくれている、その前提が崩れたら、俺たちは一体何を信じたらいいいんだろう。

それなのに燈子先輩は気丈にもここまで泣き言一つ言わず、取り乱しもしないで、冷静にこれからの行動について説明してくれた。

男の俺でさえ、こんなに弱くて取り乱しているのに。

……こんな素敵な彼女がいるのに、鴨倉のヤツはなんで浮気なんかしたんだ……

俺は改めて鴨倉哲也に強い怒りを感じた。

同時に、燈子先輩を支えていきたいとも感じ始めていた。

「燈子先輩、今日はありがとうございます。おかげで俺も目が覚めた気がします。そして、これから共に戦う戦友として、よろしくお願いします」

俺は右手を差し出した。燈子先輩が顔を上げる。

その目の縁が微《かす》かに赤らんでいるのは気のせいだろうか？

「『戦友』、いい言葉だね。そうだね、一緒に頑張ろう」

燈子先輩も右手を差し出し、俺の手を握り締めた。

二　信じたい気持ちと疑惑の間で

燈子《とうこ》先輩と会った日の夜、俺はカレンに電話をした。

付き合い始めた当初にカレンは『毎日連絡してくるのが彼氏として当然』と言っていたのだ。そのため俺は毎晩電話をしていたのだが、さすがに昨日はそんな気になれなかった。

カレンは最初の内、「俺が一人で帰ったこと」「毎日の電話を昨日はしなかったこと」を気にしていた。俺に対して『何かを探るような物言い』をする。

だが俺が「地元の友達が車で事故を起こして急に呼び出された。それで一晩中バタバタしていた」と説明すると納得したらしい。

俺はひたすらカレンに謝り続け、翌日の会う約束を取り付けたのだ。

そして今日、大学の帰り。俺はカレンと一緒にファミレスに居る。

本当はカレンの顔を見るのも辛《つら》かった。出来ればしばらく会いたくなかった。しかし――

「今までの行動パターンを変えてはダメ。ともかく何も知らないフリをして過ごすのよ」

と燈子先輩に忠告されていたのだ。

それまで俺とカレンは、授業が早く終わる日は一緒に過ごす事にしていた。

急に態度を変えたら、それをカレンは不審に思うかもしれない。

それは避けなければならない。よって俺は苦痛を堪《こら》えてカレンと会っていた。

だがこの日のカレンはどことなく不満そうだった。

学校を出てから二人でゲーセンに行き、それから今のファミレスに入ったのだが、ずっとそんな感じだ。不機嫌そうにほとんど会話もせずに、スマホばかりいじっている。

「俺と一緒に居ても楽しくない」そんな感じがあからさまに態度に出ている。

……やっぱり俺に不満があるのか……？

そう思いつつも俺はその気持ちを押し殺して、カレンに話しかけた。

「カレン、どうかしたのか？」

「別に……」

カレンが一言そう言うと、さらに仏頂面で窓の外を見つめた。

だがそのカレンの答え方が、今の不機嫌さを物語っている。

「別にって言って、今日は一日中不満そうにしてるじゃないか。何かあったんなら話してくれよ」

するとカレンは苛立《いらだ》ったように、目の前のアイスティーをストローでぐるぐるとかき回した。そうして俺と視線を合わせずにボソッと呟《つぶや》く。

「気が利かない男って、それだけで罪だよね……」

「えっ？」

思わず俺が聞き返すと、カレンはジロッと俺を睨《にら》んだ。

「最近さぁ、優《ゆう》くんって手抜きしてない？」

「俺が手抜き？」

意味が解《わか》らず、カレンの言葉を繰り返した。

「そう。優くんのデートってマンネリ化してるよ。大抵コーヒーショップで待合せして、その後ゲーセンかカラオケに行って、最後がファミレスでしょ。いっつも同じじゃない。それも優くんの趣味ばっかりで。もっとトキメキが欲しいよ」

「でもさ、俺たち学生だし普通じゃないか？　そんなに金がかかる所は行けないだろ」

俺の反論にカレンはさらに苛立ったようだ。俺を睨みつける。

「そんな事ないよ！　他の人はもっとお洒落《しゃれ》なデートしてるよ！　それでなくても『彼女をもっと喜ばそう』って考えるのが彼氏なんじゃないの！」

……一体、誰と比べてるんだ……？

そう言いたいのを俺はグッと堪えた。

だがカレンは俺の沈黙を別の意味に取ったようだ。

「これじゃあカレン、大切にされてない！　二人で会ってるだけでデートって言えない！」

カレンは不満を吐き出すように、そう言った。

俺はウンザリしていた。

付き合い始めた頃は、カレンもこんな感じじゃなかった。

ファミレスやファーストフードの店でも、二人で楽しく何時間も話していたのに。

それも僅か三ヶ月前の事だ。

「でも前はそれでも喜んでくれただろ。『二人で一緒に過ごす時間が大事だ』って」

するとカレンは半分キレた感じで言い放った。

「それは付き合って最初の頃の話でしょ！　でも優くんはいつもそればっかりじゃない！　そんな適当なデートしかしない彼氏はいないよ！　それに優くんだってカレンとの時間を大切にしてるなら、もっと二人で会う時間について色々と考えてくれるはずだよっ！」

カレンは怒りを俺にぶつけるように睨んでいる。俺は小さなタメ息をついた。

「わかったよ、カレンがそう感じたのなら謝るよ。俺が悪かった。今度どこか美味《おい》しいレストランを予約しておく。何かリクエストはある？」

カレンはふくれっ面のまま、チラッと俺を見た。

「そういうのもカレンに聞かないで、サプライズで喜ばせて欲しいんだけど。彼女に聞いている段階でマイナスだよね」

俺はもういい加減にこの会話を終わらせたかった。

それに俺だって今のカレンと顔を突き合わせているのは苦痛なのだ。

そしてカレンの顔を見ていれば見ているほど『浮気の疑惑』が深まって行く。

その時、俺の頭に一つの考えが浮かぶ。

「そうだな。カレンの言う通りだ。考えておくよ。だけど予約を入れるには日にちと時間は決めないとな。この次の木曜はどうだ？　学校が終わった後とか？」

『木曜』という単語が出た時、一瞬カレンの目が泳いだ。

俺はそれを見逃さなかった。

「木曜はダメかな。バイトを入れちゃったから。他の日にして」

カレンは俺から視線を外すと、ニベもなくそう断った。

だが俺には、カレンのその様子が何か隠しているように感じられた。

……やはり月曜か木曜は、カレンは鴨倉《かもくら》と会っているのか……？

俺の中で、さらに疑惑の念が膨れ上がっていった。


翌週の月曜日。俺は大学から少し離れた街道沿いのファミリーレストランに向かった。

燈子先輩に会うためだ。ＳＮＳのメッセージでは彼女は既に到着しているらしい。

店内を見渡すと、ボックス席に彼女の姿を見つけた。

今日の燈子先輩は、白の薄いハーフコートと細かい花柄のブラウス、それに黒のロング・タイトスカートだ。スカートは深くスリットが入っていて、チラリと見えるナマ太股《ふともも》が艶《なまめ》かしい。

彼女はスラリと伸びた脚を組んで、静かに文庫本を読んでいた。

知的な容貌、清楚《せいそ》な佇《たたず》まいでありながら、全体として魅惑的な雰囲気があった。

だが同時に容易に触れてはならないような、そんな印象を受ける。

俺の胸に『高校時代に彼女を見かけた時の切ないような憧れ』が蘇《よみがえ》った。

燈子先輩がふと文庫本から視線を上げる。

俺と目が合った。彼女はニッコリと微笑《ほほえ》んだ。

俺は『燈子先輩に見惚《みと》れていたこと』を悟られないように、慌ててボックス席に向かう。

「待たせてすみません」

俺がまずそう口にすると、彼女は穏やかな笑顔で答えた。

「大丈夫よ。今日は私の授業が早めに終わっただけだから。お腹《なか》が空《す》いたでしょ。何か頼む？」

燈子先輩はそう言ってメニューを差し出す。

俺はチキンステーキとドリンク・バイキング、彼女はドリアを追加で注文する。

ウェイトレスが注文を取った後、俺から話題を振った。

「カレンの方は今日も用事があると言っていました。鴨倉先輩の方は？」

すると燈子先輩も伏し目がちに答えた。

「ええ、哲也《てつや》も今日の夜は用事があるって言っていたわ。だからこうして君と会う事が出来るんだけど」

「やっぱり……」

俺は呻《うめ》くように呟いた。予想はしていたが、やはり苦い思いが胸に広がる。

これで二人が浮気しているとしたら、先週の木曜と月曜と連続で会っていることになる。

俺とカレンが会うのも週二か週三くらいだから、けっこうな頻度だ。

「でもまだ二人で会っているって決まった訳じゃないから……」

燈子先輩がそう言うのさえ、俺は神経に障った。

燈子先輩は俺を慰めている、もしくは自分に言い聞かせているのかもしれないが、俺にはまるで二人を擁護しているみたいに聞える。

俺は話題を変える事にした。

「今のカレンは、だいぶ俺に興味がないみたいです」

「何かあったの？」

燈子先輩が心配そうにそう言った。

「特別に何かあった訳じゃないんですが……この前も『俺とのデートがマンネリ化している。ツマラナイ』って言われました」

燈子先輩の眉根が寄った。だが少し間を置いて口を開く。

「浮気してるとかしてないとか、そういう話じゃなくても……付き合っていれば、そんな事もあるわよ。あまり気にしないで」

「そうですか？　でもカレンは『他の人はもっとお洒落なデートをしている』って」

さらに燈子先輩の表情が曇る。

「一体、誰と比べているんだろうって、俺、そう思っちゃったんです」

「……」

「今はカレンの顔を見ているのも辛いです。カレンを信じよう、そう思ってもどうしてもあのメッセージの事が頭に浮かんで来ちゃって」

ジワッと俺の目頭が熱くなる。俺は必死に堪えた。

彼女が大きくタメ息をついた。

「『気にするな』って言葉だけじゃダメみたいね。もっとも今の状況では『ただ信じる』っていうのも難しいと思うけど」

燈子先輩はテーブルに肘をついて両手を組むと、その上に自分の顎を乗せた。

「そんな時は『付き合い始めた時の事』を思い返してみるといいかも」

「付き合い始めた時のこと？」

「そう。良かったら私に、一色《いっしき》君がカレンさんと付き合う事になったキッカケを話してくれない？　そうしたらカレンさんへの気持ちも、少しは取り戻せるかもしれないし」

「はぁ」俺は疑問符交じりの生返事をした。

「付き合い始めたのはいつから？」

「七月の前期試験の打ち上げからです。サークルでやりましたよね？」

「試験が終わった人だけ集まってやった、あの飲み会？」

「そうです。あの時は燈子先輩はいませんでしたよね」

「そうね、私はまだ試験が残っていたから。そっか、あの時から付き合いだしたんだ」

「はい」

「でもそれまでに、彼女と仲良くなるキッカケとかがあったんでしょう？　いつ頃から一色君はカレンさんを意識し始めていたの？」

「ゴールデン・ウィークからですかね。ほら、サークルの新歓合宿があったじゃないですか」

そこまで言って俺は、チラッと燈子先輩を見た。

彼女はただ優しい笑顔で俺を見ている。だがその優しさは、ただの後輩に向けられたものだ。

俺は心の中でタメ息をついた。おそらく彼女は何も気付いていないだろう。

実はこの件には燈子先輩が少なからず影響しているのだ。

俺と石田《いしだ》は高校時代から燈子先輩に憧れていた。

そして城都大《じょうとだい》に合格した時「当たって砕けろの精神で、燈子先輩に告白する！」と二人で密《ひそ》かに計画していたのだ。

そして大学の入学式の日、入学式会場から門までズラッと並んだ新入生勧誘の列の中から、俺たちは燈子先輩の姿を探しながらサークルのチラシを受け取った。

やがてちょっとした人だかりが出来ている一角があった。燈子先輩がチラシを配っていた周辺だ。俺たちは迷わずそのチラシを受け取った。

サークルの名前は『和気藹々《わきあいあい》』。元々は俺たちの出身高校の卒業生が作ったサークルらしい。当初はトレッキングやキャンプのサークルだったが、今では何でもやるイベント系サークルになっている。テストの過去問とか単位をとりやすい授業の情報が豊富なので、海浜幕張《かいひんまくはり》高の出身者は大抵ウチのサークルに入ってくる。

そこには俺より二つ上の先輩である鴨倉哲也もいた。

そして合宿初日の夜、俺たちはやはり二つ上の先輩に衝撃の事実を聞いてしまう。

『燈子先輩が鴨倉哲也と付き合い始めた』という話だ。

鴨倉哲也も高校時代から女子にキャーキャー騒がれている陽キャ・イケメンだ。勉強が出来てスポーツ万能、高校時代はサッカー部の副部長でセンター・フォワード。身長は一八〇センチ。成績優秀だがチョイ悪の雰囲気があり、クラスでも部活でもサークルでも、常に中心的な存在のスクール・カーストの最上位。

これでモテない訳がない。そして俺たちに勝ち目がある訳ない。

『燈子先輩と鴨倉哲也が付き合いだした』と教えてくれた先輩もかなり嘆いていたが、俺たちの落胆はそれ以上だった。その夜は石田と二人してヤケ酒（中身はノンアルコールだが）をあおりまくった。

しかしそんな時でも立ち直りが早いのが石田だ。

「俺たちも燈子先輩の事は忘れて、早く彼女を見つけて大学生活をエンジョイしよう！」

グラスを握りしめて立ち上がった石田を、俺は呆《あき》れた目で見た。

「そんなに早く彼女なんて見つかるのかよ。そもそもアテはあるのか？」

すると石田が俺の方を振り返った。逆に意外そうな目だ。

「優はあるだろ。すぐにでもイケそうな娘《こ》が」

「は？　誰の事だよ。そんな娘がいるかよ」

「気付いてないのか」

石田は再びドッカと畳の上に腰を下ろした。

「文学部一年の蜜本《みつもと》カレンちゃん。フワッとした感じのよく笑う明るい娘。新歓コンパの時からよく優の方を見ていたと思ったけど、この合宿で確信したよ」

……あのセミロングの少し小柄な女の子が……

俺は色んな男子と楽しそうに会話しているカレンの姿を思い出した。

「あの娘、ちょっとチョロそうだけど、けっこう人気があるみたいだぜ。早くしないと誰かに取られちまうぞ」

そう言った石田に背中を押された訳ではないが、翌日からカレンの事が何となく気になっていた。確かに石田の言う通り、蜜本カレンとはよく目線が合った。その度に彼女はニッコリと笑みを浮かべてくれた……。

俺はその当時の事を思い出しながら、口を開いた。

「合宿中、カレンとは何となくよく目が合う気がして……それで話すようになったんです」

「最初に話しかけたのはどっちから？」

「確かカレンの方からだったと思います。合宿中に『よく目が合うよね』って言われて。その後もサークルの溜《た》まり場で近くになる時が多くって、自然と話すようになったんです」

「じゃあ最初はカレンさんの方からアプローチがあったんだ」

燈子先輩がちょっと可笑《おか》しそうに言った。

「それはわかりませんが……でも俺も『明るくて可愛《かわい》い子だな』って思って」

俺がそう言った時、燈子先輩の表情が微妙に変わったような気がした。

「そうね、カレンさんは可愛いものね。女の子らしい可愛さって大事よね。昔から『女は愛嬌《あいきょう》』って言うくらいだものね」

そう言った燈子先輩の目に浮かんだものは……俺には『寂しさ』のように感じられた。

「とう……」

『燈子先輩だって』と言いかけた俺の言葉を遮るように、彼女が話題を切り替えた。

「私の目から見ても、確かに哲也には不審な点もある。浮気とまでは断定できないけど、哲也が私に隠れて何かをしている可能性は濃厚よ」

急に切り替わった話題に俺の言葉が一瞬止まる。

「そろそろその点だけでもハッキリさせたいわね」

俺は頷《うなず》いた。そうだ、現時点での最重要事項はそれだろう。

「具体的にどうしますか？　二人を尾行するとか？」

カレンと鴨倉が会っているとしたら月曜か木曜だ。それが解《わか》っているのだから尾行によって何かが摑《つか》めるかもしれない。

「尾行はダメよ。かなり難易度が高いの」

「そうなんですか？」

相手の目に付かないように、背後から距離を置いて後をつけるだけだと思うが？

「これから浮気をしようとしている人間なら、必ず周囲に気を配るはず。不意に相手が振り向いた時に、とっさに身を隠せる自信はある？　そもそも不自然な動きをしたら、それだけで相手の目に付くのよ」

確かにそうかもしれない。そこで物陰に隠れたりしたら、ソッチの方が目立つだろう。

「素人が成功するようなものじゃないわ。警察や探偵だって何人もでチームを組んで交代しながらターゲットを尾行するのよ。それに女は男より周囲の視線に敏感なの。もし自分を注視している視線があれば、おそらく気付くはずよ。しかもそれが見知った人間なら百パーセントと言っても過言じゃないわ」

「そうですか。俺は『もう尾行でもするしかないかな』って思っていたけど、それも無理か」

肩を落とした俺は、うな垂れたままテーブルに両腕をついた。

「このままカレンの誕生日を迎えても、きっと楽しくないだろうな。向こうは俺に対してトゲのある態度を取るだろうし、俺は俺で疑問を抱えたままだし……」

「カレンさんはもうすぐ誕生日なの？　いつ？」

「今週の土曜日です。もうプレゼントは用意してあるんですけど、カレンが『もっとお洒《しゃ》落《れ》なデートをしたい』って言っていたから、高級店のイタリアンを予約しようと思って」

「今週の土曜？」

燈子先輩にしては珍しく大きめな声だった。

俺が驚いて顔を上げると、彼女は何か思案するように腕を組んで右拳を顎に当てている。

「どうかしたんですか？」

俺の問いかけに、燈子先輩は考えながら口を開いた。

「もしかしたら、その日で何かを摑めるかもしれない……」

「え？」俺が次の言葉を待っていると彼女は顔を上げる。

「一色君は、その日は当然カレンさんと会う約束をしているのよね？」

「はい、そうですね」

「会う時間とかは決まっているの？」

「具体的にはまだです。でも昼から夕方くらいまでじゃないかな」

それを聞いて燈子先輩は頷いた。

「その日は哲也のお兄さんが出張でアパートに居ないのよ。それで哲也は私に『泊りに来い』ってシツコク言っている」

そうして燈子先輩は俺の目を覗《のぞ》き込むようにした。

「私がそれを断れば……もし二人が浮気しているなら、哲也はカレンさんを呼ぶんじゃないかな？」

俺の脳天から背筋まで電気が走ったような気がした。

そうだ、もし二人が浮気をしているなら、そのチャンスを逃すはずがない。

俺の決心したような目に、燈子先輩も同様の意志を込めた目で答えた。

「次の土曜日の夜、その日に全てを賭けましょう」

俺たちは互いに秘めた決意を込めて頷きあった。

三　運命のカレンの誕生日

二限が終わりテキストを片付けていると、隣にいた石田《いしだ》が言った。

「優《ゆう》、今日は外に本格派インドカレーを食いに行かないか？」

「外？　大学の外にか？　わざわざカレーを食べるために？」

俺は不思議に思った。

ウチの大学にはわずか五百円で本格派カレーとナンとサイドディッシュが食べられる学食があるためだ。しかもイスラム教のハラル認証まで受けているという本物だ。

「ああ、たまには気分転換に大学の外もいいだろ。授業も早めに終わった事だしさ。ケバブ付きでナンが食べ放題の店を見つけたんだ。バイト代も入ったし、今日は俺が奢《おご》るよ」

そう言って石田は俺の肩を押し出すように叩《たた》いた。

キャンパスを出てオフィス街の方に向かう。

「それで燈子《とうこ》先輩と会って、どういう話になったんだ？」

大学から離れてしばらく経《た》った頃、石田が聞いて来た。

そう言えば燈子先輩と会った直後の話は石田にもしていなかったな。

石田の方も俺を気遣って今まで聞かなかったんだろうが、さすがに気になったのだろう。

「ん……まずは様子をみようって話になったよ。二人が浮気をしている確実な証拠を掴むのが先だってさ」

「証拠って、優が撮ったカレンちゃんと鴨倉《かもくら》先輩のメッセージがあるだろ」

「あれだけだと証拠としては不十分だって言ってる。二人がホテルにでも入るか、一緒に一夜を過ごすか、そういう場面を燈子先輩は押さえたいらしい」

「ホテルは難しそうだな。でも鴨倉先輩は都内で一人暮らしじゃなかったか？　それならアパートを見張っていれば？」

「俺もそう考えた。だけど燈子先輩の話だと、鴨倉先輩は兄と二人で暮らしているそうだ」

「それじゃあアパートが浮気現場とは言えないかもな」

「だけど今週の土曜、カレンの誕生日なんだ。その時に……」

「あ、この店だよ、優」

俺の言葉を途中で遮るようにして、目の前のビルを指さした。

ビルの入り口に「本格派インド料理の店」と看板が出ている。店は二階らしい。

大学から歩いて十分ほどの所だ。

店内に入るとまだ正午前にもかかわらず、既に多くのサラリーマンらしい客で一杯だった。

「うわっ、混んでるな。この時間ならまだ大丈夫かと思ったんだが」

インド系の男性店員がやって来て流暢《りゅうちょう》な日本語で「相席でいいですか？」と聞いてきた。

俺たちが了承すると、店員は俺たちを店の奥へと案内する。

「こちらにどうぞ」

店員は四人掛けテーブルを指し示した。そこで俺は先客を目にして身体《からだ》が硬直する。

……鴨倉……！

鴨倉と一緒にいた男性が振り返る。サークルの部長である中崎《なかざき》さんだ。

中崎さんは鴨倉と同じ歳《とし》で電気工学科の三年生、やはり俺たちと同じ高校の出身だ。

鴨倉とは高校時代からサッカー部で一緒だった人だ。

「お、一色《いっしき》と石田か。おまえらもこの店に来たのか」

中崎さんは明るく俺たちにそう声を掛けてくれた。

だが俺はしばらく動けなかった。ついさっきまで話題にしていた、俺の彼女を食い荒らしている男と同席なんて！

おそらく石田もあまりのタイミングの悪さに呆気《あっけ》に取られていたのだろう。

「どうした、二人とも。何をボーっと突っ立っているんだ。座れよ」

中崎さんがそう言って、隣の席を指さす。

俺と石田は黙って席に座った。俺は中崎さんの隣、鴨倉の斜め前の席だ。

「今日の日替わりランチはバターチキンカレーと豆のカレーだってさ。それにケバブとタンドリーチキンがセットだぞ」

中崎さんがそう言って俺たちにメニューを回してくれる。

俺と石田はメニューを受け取ると、日替わりランチを注文した。

「ところでおまえ達、学園祭で出す模擬店のチラシを作ってくれないか？」

唐突に中崎さんがそう言いだした。

「えっ、チラシを作るのは二年の鈴木《すずき》さんに決まっていたんじゃないすか？」

石田がそう答えると、中崎さんが首を左右に振った。

「その鈴木が作れなくなったんだ。アイツ、サークルは辞めるって言ってさ。大学にも来てないらしい」

「何かあったんすか？」

「彼女にフラれたんだ。しかも彼女の方は速攻で次の彼氏を作ってな。それですっかりメンタルをやられちまったらしい」

中崎さんが参ったように答える。俺は下を向いたままチラッと目だけで中崎さんを見た。

俺にとっても他人事《ひとごと》ではない……そう思った時だ。

「くだらないな」鴨倉がいかにもツマラなそうに言った。

「女が現在の彼氏よりもっとイイ男を見つけたら、そっちに乗り換えるのは当たり前の事だ。そんなことで一々メンタルを病んでいるような奴《やつ》だから、女にフラれるんだろ」

「ずいぶんな言い方ですね」思わず俺はそう口にしていた。

そんな俺を鴨倉は意外そうに見た。俺が鴨倉に反論するとは思わなかったのだろう。

「でも事実だろ。生物の目的はより多く自分の遺伝子を残すことだ。そこでオスはより多くのメスを獲得する。メスはより優れたオスを相手に選ぶ。この単純なルールによって生物は進化して来たんだ。適者生存の法則ってやつだよな」

「それが人間にも当てはまると？」

「人間も動物だからな。男も女もパートナー以外の相手を探す事は当然だ。男は浮気する事で多くの子孫を残せるし、女も浮気する事でより優秀な遺伝子を取り込める」

俺の中で何かがパチンと弾《はじ》けたような気がした。

「女が浮気をするのは、より優秀な遺伝子を持つ男を求めて、そういう事ですか？」

「そういう面もあるだろうな」

鴨倉はさも当然のような顔つきでそう言った。

……コイツ、よくイケしゃあしゃあと……

「でも人間には倫理観もありますよね。浮気なんてしないっていう」

「その倫理観くらい怪しいものは無い。ゲーム理論がそれを裏付けている」

俺は既に怒りを顔に出さないようにする事が精一杯だ。鴨倉の言葉が続く。

「パートナーが浮気した場合、自分は浮気をしないより浮気した方がいいだろ？　相手が浮気したのに、自分が浮気しないのは最悪の選択だからな」

石田が心配そうに俺の様子を窺《うかが》った。大丈夫だよ石田。ここでキレるほど馬鹿じゃない。

「パートナーが浮気しないタイプなら、やはり自分は浮気した方が得だ。つまりパートナーが『浮気する・しない』にかかわらず、常に自分は浮気をした方が良い選択なんだよ」

「『囚人のジレンマ』の話ですよね？　でもその理論から得られる教訓は『お互いが裏切るより、協力しあった方が結果的に双方共に利益を得られる』ですよ」

「そうだな。全員が『善人』ならみんながそこそこの利益を得られる。だがその中に一人だけ『裏切者』がいると、そいつだけが利益総獲《そうど》りの勝利者になる」

「つまり『裏切者』が存在するのは当たり前って事ですか？」

「それが自然の摂理って事だよ。ただ裏切者は実力者でないとなれない。弱者が裏切った所で、周囲からより強い『しっぺ返し』を喰《く》らうだけだ」

……つまりオマエは強者だから燈子先輩を確保したままカレンを好きに出来るし、俺は弱者だから彼女を寝取られて当然だと、そう言いたいのか……？

「鴨倉、そんな話はやめろよ。そういう事を言うから、オマエは他人に誤解されるんだ」

中崎さんが苦い顔をしてそう言った。

「先駆者とルール・チェンジャーは常に大衆に敵視される、ってか？」

鴨倉は芝居がかったポーズで肩をすくめた。

そんな鴨倉を見ながら、俺は思った。

……間違いない。コイツはカレンと浮気している。そしてそれを何とも思ってない奴だ。

その時、俺たちのテーブルに四人分の料理が運ばれてきた。俺たちは会話を中断して食事に取り掛かる。だがせっかくの本格インドカレーも、その時の俺には何の味も感じられなかった。俺の腹の中にあったのは鴨倉に対する怒りだけだ。

食事が終わった俺は、デザートのラッシー（インドでよく飲まれるヨーグルト・ドリンク）を飲み終わると席を立った。

「俺は次の授業の準備があるんで、先に失礼します」

それを聞いた石田が慌ててラッシーを胃に流し込んで立ち上がる。

「ああ、またサークルでな」中崎さんはそう言ったが、鴨倉の方は特に俺を見なかった。

そんな鴨倉を見ながら、俺は言った。

「鴨倉先輩、さっきの話、面白かったです。先輩の言う通り、優秀な人間はそうでない人間よりモテて当然ですし、力のある裏切者が勢力を伸ばすのも事実だと思います。でもゲーム理論だと『裏切者には裏切り返し、協力者とは協力する』っていう方法が、最終的には一番得点が高い戦略だったはずです。俺はそれを目指したいと思います」

鴨倉は俺をジロリと見た。だが俺を対等の相手とは思っていないのだろう。

「それもいいんじゃないか。人それぞれだし」

相手にする価値がない……そう言いたげな口調だ。

俺は踵《きびす》を返して店の出口に向かった。

これは俺の鴨倉に対する警告のつもりだ。そして二人の浮気の確証を摑《つか》んだ時、この言葉は宣戦布告となるだろう。


「悪かったな。優に嫌な思いをさせちまって」

店を出た所で、石田がそう言って頭を下げた。

「石田のせいじゃないだろ。これこそ偶然なんだから仕方がない」

石田は俺の事を心配してくれているのだ。もちろん野次馬《やじうま》的興味もあるだろうが。

「にしても……」石田が一度言葉を切った。

「鴨倉のやろう、本当にクズだな。カレンちゃんと優の事は当然知っているだろうに、当人を目の前にしてよくあんな事を言えるな……」

俺はそれに関しては、もう何も言わなかった。

後は二人の証拠を摑むだけだ。

そしてその決行の日は今週の土曜日、カレンの誕生日だ。

そして迎えた十月下旬の土曜日。今日がカレンの誕生日だ。

俺は奮発して、この日はイタリアン・レストランの店を予約していた。

ミシュランに載るほどの高級店ではないが、学生の俺としては十分に気張ったつもりだ。

昼前にカレンと渋谷で待合せをして、予約したイタリアン・レストランに向かう。

「さすがに今日はファミレスとかじゃなくって、ちゃんとしたお店を予約しておいてくれたんだね」

カレンも満足そうにそう言った。俺も今回は事前に店を予約した事を伝えている。

レストランはランチのコースを予約していた。ディナーの金額に比べると半分程度だが、それでも一人八千円はする。それに飲み物については別料金だ。

だがレストランの前まで来た時、カレンの表情が曇った。

「予約したのって、このお店？」

「そうだけど？」

俺がそう答えるとカレンは「ふ〜ん」と言って微妙な表情をした。

店に入ってウェイターの案内によりテーブルに着く。

「お飲み物は何になさいますか？」ウェイターがそう聞いた。

食事の方は既にコースで注文しているのだが、飲み物はお店で注文する。俺はメニューの金額欄に目を走らせた。

「じゃあこれで」

何種類かあるワインの中でノンアルコールワインを選択した。

この後のことを考慮すると、俺はここでアルコールは飲めない。

「承りました。ヴィンテンスメルローのグラスでよろしいですね」

そう確認してウェイターは立ち去る。ノンアルコールでも結構高いんだなと思っていると、カレンがまた不満そうな顔をしていた。

「ボトルじゃなくてグラスにしたんだ。しかもノンアルコールだし」

「ボトルじゃ飲み切れないし、昼間から未成年二人でお酒もアレだろ」

するとカレンは不満そうに口を尖《とが》らせる。

「彼氏だったらソムリエにボトルで注文して、スマートにホストテイスティングをこなして欲しいのに……」

ホストテイスティングとは、ワインを頼んだ男性が試飲する事らしい。そのくらいの知識は俺にもあったが、その作法やマナーなんて俺は知らない。

「いや、俺にそんな小洒落《こじゃれ》た知識は無いし」

「別にそんな特別な知識じゃないんだけど……そういう所、＊＊＊だよな……」

最後の部分は『俺に聞えるか聞えないか』の微《かす》かな声だった。

「それに誕生日なんだから、カレンの生まれた年のワインをボトルで用意くらいしてくれるとかさ……そういうサプライズも無いの？」

カレンは一度不機嫌になると、中々それが元に戻らない。

だからと言って知らんぷりをしていると、チクチクと怒りをぶつけてくる。

まるで『怒っている自分を気遣え』と言わんばかりだ。

だから俺はカレンの機嫌が本格的に悪くなる前に宥《なだ》める事にしている。

「ごめん、そこまで気が回らなかった。でもちゃんとプレゼントは用意しているから。後で渡すね」

『プレゼント』の一言が効いたのか、とりあえずカレンの仏頂面は収まった。

やがてウェイターが料理を持ってくる。前菜がトマト・モッツァレラチーズ・バジルのカプレーゼ、次に出て来たのがトマトのスープとパスタでカルボナーラだ。

カレンが「イタリアンってプリモ・ピアットは炭水化物系なんだよね」と言う。

俺が「プリモ・ピアットって何？」と聞くと、少し得意そうに説明する。

「『第一の皿』って意味。メイン・ディッシュはセコンド・ピアットって言って、肉料理か魚料理のタンパク質系が出るんだ」

「よく知ってるな」

俺は特に深い意味は無くそう言った。すると……

「え、いや、これぐらい普通じゃない？」

と少し焦ったように言う。そしてそのすぐ後に「だいたい優くんが知らな過ぎるんだよ。そもそもこういうお店に連れて来るなら、彼氏側が知っているのが当然じゃない？」

と再び非難するような目で俺を睨《にら》んだ。

メインディッシュは鯛《たい》のパイ包み焼きだった。

それを見たカレンが「カレン、フレンチの方が良かったな」とボソッと言う。

……せっかく予約まで取ってお祝いしているのに、そんなこと言うなよ……

俺はなんだかやり切れない思いがした。

今日のカレンはいつにも増して、俺にケチを付けて来るように思う。

これは気のせいなのか？　俺の頭から『カレンと鴨倉の浮気』の事が離れないから、そう感じるだけなのか？　もしあのSNSのメッセージを見ていなければ、こんなカレンのワガママも『可愛《かわい》い』と思って、俺は今日を楽しく過ごせたのか？

……いや、疑《うたぐ》り過ぎるのは良くない。せめて誕生日くらいはカレンを信じよう……

俺は軽く頭を左右に振って、考えを切り替える事にした。

野菜料理が終わって、最後にデザートが出された。

デザートはジェラートだ。するとそれを食べ終わったカレンが言った。

「この店って『カンノーロ』が有名なんだ。頼んでもいい？」

「いいけど『カンノーロ』って何？」

「イタリアのお菓子で小麦粉の生地を焼いて丸めた中に、リコッタチーズとチョコやピスタチオを詰めたデザートだよ」

「そうなんだ。カレン、詳しいね。このお店の事を知っていたの？」

すると一瞬、カレンの目が泳いだ。

「う、うん。まあね。雑誌で紹介されていたから」

「ふ〜ん、さすがに女の子は甘い物に詳しいね」

その時の俺は、それ以上は突っ込まなかったし、深く考えもしなかった。

一通りコースの料理が終わり、カレンが追加で頼んだカンノーロが来るまでの間に、俺はプレゼントの箱を取り出した。

「カレン、誕生日おめでとう。これ、プレゼントだから」

「ありがとう、開けてもいい？」

受け取ったカレンは笑顔でそう言う。

「ああ、開けてみて」

俺はそう言いながら、このプレゼントを選んでいた時の幸せな気持ちを思い出していた。

あの時はカレンが浮気をしているなんて、微塵《みじん》も考えなかった。

この誕生日プレゼントを買うためにアルバイトをしている時でさえ、『カレンに渡した時の事』を想像すると嬉《うれ》しく感じられたのだ。

「わあ〜、コーチのサイフだ！」

カレンが明るい声を出した。

「カレンは前に『大学生になったから新しいサイフが欲しい』って言っていただろ。だからそれにしたんだけど、女の子が好きそうなブランドとかよくわからなくって」

「覚えていてくれたんだね。ありがとう、優くん！」

久しぶりに見る嬉しそうなカレンの笑顔に、俺の中のわだかまりも少し軽くなったような気がした。

……まさかこの後、鴨倉のヤツと会うなんて、そんな事ないよな、カレン……

俺は勇気を出して聞いてみる事にした。

「カレン、今日はこの後はどうする？」

「この後って？」

「今日の夜、とかさ」

一瞬、カレンの顔から表情が消えたように見えた。

だがすぐに元の明るい笑顔に戻る。

「ゴメ〜ン、今日の夜はさぁ、地元の友達が誕生日を祝ってくれるって言ってるの。それでさぁ、夕方くらいには帰ろうと思って。だから今夜は電話しなくていいから」

……『やっぱり』……

……『ウソだろ』……

俺は心の中で、そんな相反する思いが交錯した。目の前が暗くなるような気がする。

「でも六時くらいに渋谷を出ればいいから、まだ時間はあるしタップリ遊べるでしょ。新しく出来たお店とかも見たいし。それまで楽しもう！」

カレンのそんな言葉も、俺にはがらんどうの中で響いている意味のない音のようだった。

レストランで食事の後、俺はカレンと一緒にウィンドウ・ショッピングをしたり、少しゲーセンで遊んだりしていたが、正直よく覚えていない。記憶が空虚と言うか、色が無いと言うか、そんな感じなのだ。

午後六時。俺はカレンと渋谷駅で別れた。

カレンの家は埼玉県越谷市で渋谷からなら半蔵門線を使えば一本で行ける。

俺の家は千葉県の幕張だ。山手線で代々木まで出て、後は総武線で一本だ。

どちらのルートでも、途中に鴨倉のアパートがある錦糸町を通る。

俺はSNSのメッセージを打った。

＞(優)いまカレンと別れました。これから錦糸町駅に向かいます。

すぐに返信が来る。

＞（燈子）了解。じゃあ私は、もう少し哲也《てつや》を引っ張っておくから。
＞（優）お願いします。レンタカーは俺が駅前で借りておきます。
俺はSNSを閉じた。いよいよ本番だ。既にレンタカーは予約してある。
俺は足早に山手線ホームに続く階段を上った。
この後、カレンは鴨倉のアパートに姿を現すかどうか。
俺とカレンの愛が試される刻《とき》だ。

四　街灯の灯りの中で

午後八時前。俺は錦糸町駅前で借りたミニバンの中に居た。

車を止めているのは、裏通りにあるアパートの近くだ。そこで一時間ほど前からアパートの様子を窺《うかが》っている。目線の先は二階のある部屋だ。

助手席側の窓が『コンコン』と小さく二回叩《たた》かれた。

目を向けると隠れるように燈子《とうこ》先輩が立っていた。俺はドアロックを解除する。

「どう？　アパートの様子は？」

燈子先輩はレンタカーに乗り込むなり、そう聞いて来た。

「まだ誰もいないです。夜なのに部屋の電気も点《つ》いていませんから」

燈子先輩は頷《うなず》いた。

「そうね。もしカレンさんが部屋にいたら、この時間なら電気くらい点けるはずよね。それに哲也《てつや》も合鍵までは渡しているとは思えないし」

その通りだ。つまりカレンも鴨倉《かもくら》もまだ部屋には戻って来ていないのだろう。

カレンとは六時に渋谷で別れたから、俺より先にアパートに到着している可能性はある。

だがさっき話した通り、鴨倉の部屋は無人らしい。

そして鴨倉の方は、七時過ぎまで燈子先輩が一緒に居たのだ。

俺は七時前にはこのアパートの前に居たので、鴨倉が帰っていないのは間違いない。

「哲也は私と別れた後『有楽町の電器屋に行く』って言っていたわ」

燈子先輩と鴨倉は東京駅に居た。有楽町駅は東京駅の隣で大きな家電量販店がある。

「じゃあ鴨倉先輩はカレンと銀座で会っているんでしょうね」

有楽町と銀座はほぼ同じエリアだ。

「もし二人が会っているならね。まだ確定した訳じゃないわ」

燈子先輩はそう言って俺を窘《たしな》めた。俺はちょっと首をすくめる。

いま俺たちがいるのは、鴨倉のアパートの前の路地だ。

このアパートは鉄筋コンクリート製の三階建てだが、築年数はけっこう経《た》っているようだ。

造りも古く、入口は一階のエントランス一か所だけ。そして玄関部分は道路から見える。

俺はその前の道路にレンタカーのミニバンを止めていた。この道を通らずには、鴨倉のアパートに入る事はできない。だから鴨倉かカレンが来れば必ず解るはずだ。

このミニバンは後部座席のウィンドウに、紫外線避《よ》けの黒いフィルムが貼ってある。

俺たちは外から見えないように後部座席に座った。

「二人が落ち合ったのが燈子先輩と別れた後なら、あと一時間もしない内に姿を現すはずですよね？」

だが燈子先輩は小首を傾《かし》げた。

「それはどうかな。もし二人が浮気しているなら、こんな風にゆっくり出来るチャンスはあまりないでしょ。だからたまには恋人気分でデートしたいんじゃないかな？　今夜は一晩中一緒に居られるんだから、焦って部屋に来る必要はないと思う」

それもそうか。男にとって外のデートは金がかかるだけだが、女にとっては一種のムード作りかもしれないしな。女の扱いに慣れている鴨倉が、そこを間違えるはずないだろう。

「途中のコンビニで買って来たの。夕食は食べてないでしょ？」

「ありがとうございます。いただきます」

俺は燈子先輩が差し出したサンドイッチとペットボトルの紅茶を受け取った。

「飲み過ぎて途中でトイレに行きたくならないようにね」

俺は苦笑いしたが、燈子先輩は本気で心配しているようだ。

二人で無言でサンドイッチを食べる。その間も燈子先輩はアパートの入口を見つめていた。

俺は主に駅に向かう道路の入り口を見張る。二人が来るならその方向からのはずだ。

ここは表通りからかなり入った裏通りなので、前後に街灯はあるがけっこう暗い。

そのまま二人とも無言で、時間だけが過ぎて行った。

鴨倉もカレンもアパートにやって来ないし、部屋も暗いままだ。

……二人が今夜会っているというのは、俺の考えすぎなのか……？

……二人が会っているとしても、ホテルに行っている可能性もあるよな……

……いや、もしかしたらカレンと鴨倉は浮気なんてしてないのかも……

俺の頭の中で色んな可能性がぐるぐると回り始める。

本心を言うと、俺はカレンが鴨倉と浮気をしているのは間違いないと思っている。

だが燈子先輩に言われた事もあり『万に一つの可能性に賭けてみよう』と考えたのだ。

俺自身、カレンを信じたい気持ちはある訳だし……

……燈子先輩はどう思っているんだろう……

俺としては燈子先輩に聞きたい事、聞いてもらいたい事、そして彼女と鴨倉について知りたい事が沢山あった。二人だけの今の状況こそ、それを聞けるチャンスなのだが、何を聞いていいのか判断できなくて言葉が出てこない。

俺は横目で燈子先輩を見た。

彼女は俺の事など特に気にする様子もなく、注意深く周囲の路上に目を配っている。

燈子先輩は本当に集中力があると言うか、物事に一心不乱になる人だ。

今も『恋人が浮気をしている現実』よりも『浮気の現場を押さえるという目的』の方に、神経が集中しているのだろう。

だがこれで鴨倉とカレンの浮気が確定したら、彼女はどうするつもりなんだろう。

……普通の仕返しでは許さないって事よ。哲也に死ぬほどの後悔をさせてやらないと。

……『いっそ死にたい』と思うくらいの、後悔と絶望を味わわせてやるわ。

……その時は徹底的にやる。一生トラウマになるくらい……もし私が浮気するとしたら、二人の浮気の証拠を哲也に突きつけた後ね。

最初に燈子先輩に『カレンと鴨倉の浮気』を告げた時の記憶が蘇《よみがえ》った。

燈子先輩は鴨倉に対し、どんな復讐《ふくしゅう》をするつもりなのか？

『死ぬほどの後悔』『トラウマになるくらい』って中々難しいと思うが。

その時、彼女が最後に言った『浮気をするとしたら、相手にその証拠を突きつけた後』というセリフを思い出した。同時にあの時に脳裏に浮かんだ事も！

確かに、鴨倉に浮気の証拠を突きつけた直後に『アナタとはこれで別れる。今夜は別の男性と一夜を共にする』と言ったら、途方もない大ダメージを与えられるんじゃないか？

鴨倉は自分が浮気をしていたんだから『アナタと別れる』と言われても文句を言えない。さらに『交際終了宣言』した後で、燈子先輩が誰と一緒にいようが自由だ。どうする事も出来ない。フラれた直後の鴨倉としては、途方もない大ショックだろう。

……もしかしてこれが燈子先輩の言う復讐なのか……？

まさしくトラウマ・レベルだ。俺なら死にたくなる。

あの時の燈子先輩は否定していたが、そこまで考えている可能性もあるのでは……

だとしたらその相手は……？
そんな風に俺が考えていた時だ。
「来た！」
燈子先輩が小さく叫んだ。
その言葉に反応して、俺も燈子先輩の視線の先を追う。
そこにはピッタリとくっついて歩く男女の姿があった。
まだ距離は遠いが、間違いない。
鴨倉哲也と蜜本《みつもと》カレンだ！
鴨倉はカレンの背中から右脇の下に手を掛けて、カレンを抱き寄せている。
カレンの方も両腕で鴨倉の胸に抱きついているような感じだ。
時々、鴨倉の手がカレンの胸の辺りをまさぐっている。
カレンはそれを拒絶するでもなく、さらに鴨倉に顔を寄せた。
そしてその視線は鴨倉の顔に釘付《くぎづ》けだ。とても嬉《うれ》しそうに、何かを話しかけていた。
最近では俺にさえ、あんな笑顔は向けていない。
『人目も憚《はばか》らずにイチャイチャ』とは、まさにこの事だ。
二人からは『これから番《つが》います』という発情オーラがムンムンと漂っていた。
「動画を撮って！」燈子先輩が低いながら鋭い声で言った。

俺は急いでスマホのカメラ機能をオンにする。動画モードで二人の様子を映した。

燈子先輩の方は、知り合いから借りてきたというデジタルカメラを構えていた。

夜間用高感度モードがあり、暗くてもフラッシュ無しで写真が撮れるらしい。

専用アプリを使えば、被写体の顔などもさらにハッキリ写せるそうだ。

絡み合いながらアパートに向かう鴨倉とカレン。

そのまま二人でしっかりと抱き合いながら、アパートの鴨倉の部屋の中へと消えて行った。ご丁寧に部屋の前でキスまでしている。

「部屋に入ってからヤレよ！」と心の中でツッコミを入れるが、まぁいい。

これで二人の浮気は決定的だろう。

俺は思ったより自分が冷静な事に、自分で驚いていた。

恋人の浮気が確定したのだ。それも目の前で間男の部屋に連れ込まれるという屈辱的な場面に直面した。それにもかかわらず俺の中では「ああ、やっぱり」という諦めの感情が一番に胸の中を占めていた。

きっと俺はこれを覚悟していたのだろう。そして二人の浮気が確定した今、俺の中で冷たくドス黒い復讐心がジワジワと心を満たしているのだと思う。

昼間には俺からの誕生日プレゼントを、当然のように受け取った裏切り者カレン。

日頃、俺たちの前で先輩ヅラしているクセに後輩の彼女を寝取った鴨倉。

俺がこの国の独裁者なら、二人は死刑だ。

「やっぱり二人は浮気していましたね。もう言い逃れは出来ないでしょう」

俺は冷めた口調で燈子先輩に告げた。後は二人をどう料理するかだ。

「まだよ、これだけでは浮気確定とは言えないわ！」

俺は燈子先輩のこの言葉にビックリして、思わず凝視した。

……二人して誰もいない部屋に入って行ったんだ。もう浮気を疑う余地はないだろう。

その疑問には、燈子先輩の次の言葉が答えた。

「今のままでは『単に部屋に入っただけ。お茶を飲んですぐ帰った』って言い訳されるわ。キスだって『角度でそう見えただけ』って言い逃れできる。そうさせないためには、二人だけで何時間か、少なくとも二時間は部屋にいないと『浮気の証拠』にはならないわ」

「マジですか？　あの状況で二人だけで誰もいない部屋に入ったんですよ。これはもう浮気以外の何なんだって言うんですか？　そこまでして鴨倉先輩を信じたいんですか？」

俺は呆《あき》れの中に怒りが混じった声でそう言った。

「そういう意味じゃない。夫婦の浮気でも、キスやただ二人で部屋に入っただけじゃ、裁判で浮気とは認められないのよ。そこで一定の時間を二人だけで過ごしていないと！　だから私はそこまでは確認したいの」

「ここは裁判じゃないです。そんな何時間も見張ってなくていいんじゃないですか？」

「君はもう帰っていいわ。二人が部屋に入った以上、出てくる時間を確認するだけだから。後は私一人でも出来る。ここで解散にしましょう。車は私が返しておくから」

燈子先輩はそう言うと、俺から顔を背けるようにアパートの方を見つめた。

街灯の明かりが逆光となって、彼女がシルエットとして見える。

その表情は解《わか》らない。だが彼女の雰囲気が何かを物語っていた。

俺は彼女をこのまま一人にしておきたくなかった。

「いえ、俺ももう少し見張っています。燈子先輩の言う通り『あれは部屋でお茶しただけ』と言われたくないので」

しばらくの無言の後、燈子先輩はポツリと言った。

「好きにしたらいいわ」


あれから何時間が過ぎただろうか。

暗い車内で俺と燈子先輩は、ただ息を潜めて鴨倉哲也のアパートを見つめていた。

車の前後から照らす街路灯が、車内をボンヤリと照らしている。

……燈子先輩は、いまどんな気持ちで、あのアパートの窓を眺めているんだろう……

燈子先輩と鴨倉は、もう付き合って半年になる。

当然、燈子先輩もあの部屋に入った事があるはずだ。

その時は二人で楽しく、お茶でも飲みながらデートの計画を立てたのかもしれない。

燈子先輩が手料理を作り、二人は将来について話し合ったのかもしれない。

だが今はその同じ部屋に、別の女が一緒にいる。

……リアルに情景が浮かぶだけ、燈子先輩は辛《つら》いだろうな……

俺は横目で燈子先輩を見た。二人が部屋に入ってから、彼女はほとんど動いていない。

もちろん俺にだって、辛い・悲しい・悔しい気持ちは、今もある。

カレンと出会った頃、仲良くなり始めた時のドキドキ感、そして付き合う事になった時の嬉しかった気持ち、デートの時に俺に向けられたカレンの笑顔。

そして……つい数時間前まで、俺たちは恋人同士として誕生日を祝ったこと。

……その全てが裏切られたんだな、俺は……

今でもあの『カレンと鴨倉のメッセージ』はトラウマだ。

だがそんな辛い思いを、今まで救ってくれたのが燈子先輩だ。

燈子先輩が一緒の状況にいる・一緒に戦ってくれると思うと、俺は冷静さと前向きな気持ちを取り戻す事が出来るのだ。

それに俺はこれまで落ち込んだり、逆に冷静さを欠いて暴走しそうになった事があったが、その度に燈子先輩は時には慰め、時には厳しい言葉で叱咤《しった》して、俺を支えてくれた。

もし燈子先輩がいなかったら、俺は全てが嫌になって大学にも行かなくなり、家にひき籠っていただろう。カレンを詰《なじ》り、罵倒し、それでもみっともなく「別れたくない！」と泣いて縋《すが》ったかもしれない。

その結果、さらにカレンの気持ちが離れていくとしても……

「一色《いっしき》君は、昼間はカレンさんと一緒にいたのよね？」

不意に燈子先輩がそう尋ねた。

「え？　あ、はい、そうです」

虚を衝《つ》かれた感じの俺は、それしか答えられなかった。

「彼女の誕生日だったんでしょ。何をしてあげたの？」

「渋谷のイタリアン・レストランを予約していたんです。そこでランチ・コースを食べて、その後は周辺の店を見て、少しゲーセンに行きました」

「渋谷のイタリアン？　なんてお店？」

俺が店の名前を告げると「ああ、カンノーロが美味《おい》しいお店ね」と言った。

「そうらしいですね。カレンも知っていたみたいで、そのカンノーロってヤツを注文してました。女性雑誌にでも紹介されていたんですか？」

するとしばらくの沈黙があった。

「そのお店、哲也と一緒に行ったことがあるの。まだ付き合って初めの方かな。話題のお店だから行ってみようって予約してくれて……」

俺は息を呑《の》んだ。カレンの今日の様子。店の前で「このお店？」と確認したこと。「ワインのテイスティング」のこと、そして「カンノーロが美味しい」と知っていたこと。

俺の頭に浮かんだ事を、先に口にしたのは燈子先輩だった。

「もしかして、カレンさんも哲也と一緒に行ったのかもしれないね。そのお店……」

優しい口調だったが、抑えきれない悲しさがこもっていた。

そして俺にも……胸の中で苦い感情が広がっていた。

きっとカレンは今日、俺とデートをしている間も、ずっと鴨倉の事を考えていたのだろう。

それがあの『誰かと比べているような発言』だったのかもしれない。

俺は改めて鴨倉のアパートの部屋を見上げた。

カレンも本当にチョロイ女だ。

今日なんて鴨倉に、本命の燈子先輩が来れないから、カレンが代理で呼び出されているだけなのに、ホイホイ付いて行くんだから。

もっとも鴨倉も「オマエは代理だから」と言っているかは解らんが。

「カレンさんとは七月くらいから付き合い始めたのよね？」

燈子先輩のその言葉で、俺は想像から引き戻された。

俺は嫌な考えを振り払うために、逆に彼女に問いかけてみた。

「燈子先輩、先輩は二年になってから鴨倉先輩と付き合ったんですよね」

「そうね」

「燈子先輩はどうして鴨倉先輩と付き合ったんですか？」

俺にはそれが以前から少し疑問だった。

確かに鴨倉哲也はカッコイイ。イケメンな上、陽キャで周囲に人が集まるタイプの人間だ。高校時代、大学、サークルと場所を選ばず、どのグループでも発言力があって女子達に人気がある。高校の文化祭でも、鴨倉がバンドのボーカルとして出演した時、一年から三年まで多くの女子生徒がキャーキャー言っていたものだ。

当然、大学内でもモテまくっていた。サークルに居る女子大の子は、三分の一は鴨倉が呼び込んだと言われている。

だが燈子先輩ほどの理性的な女性が、それだけで鴨倉に惹《ひ》かれたというのは疑問だったのだ。今回の件で、俺はより強くそう思うようになっていた。

燈子先輩のシルエットが少し動いた。アパートの方から正面に顔を向ける。

その横顔を微《かす》かに街路灯が浮かび上がらせる。

「哲也は、私にとって初めてなんだ……」

燈子先輩はポツリと言った後、少し間を置いてから話し始めた。

「大学二年になった時、周りの友達はみんな彼氏がいてね。周囲から『早く彼氏を作りなよ。今まで一度も彼氏がいなかったなんて、ありえない』って言われて……。『それが当然』みたいに言われると、そうしなきゃいけないのかなって思えて。あの時の私、色々あってなんか焦ってたのかもしれないね」

街路灯の霞《かす》んだ光に照らされた燈子先輩の横顔は、絵画のように美しかった。

その口元だけが小さく動く。

「哲也は、私が高校に入った時からずっと熱心にアプローチしてくれていたから。哲也は見てくれもいいし、頭も悪くないし、スポーツも出来て、輪の中心になれる人間だからね。接し方も優しいしね。それで彼氏としてイイかなって思っちゃった。浅はかだね、私も」

『燈子先輩ほどの女性でも、そんな風に思うんだな』って、その時の俺はそう思った。

もっともそれは当然と言えば当然なのだろう。

「普通の女性は彼氏を選ぶ時って、そんな感じじゃないですか？　それだからこそ燈子先輩は、今回の事も割り切っていられるんじゃないんですか？」

「割り切っているように見える？　私？」

街路灯の光の陰影の中、燈子先輩の声が静かにそう響いた。

「ええ、とても。彼氏に浮気された彼女には思えないくらい」

俺がそう答えると、燈子先輩はまた窓の外を見た。

「さっき『哲也はいつも輪の中心になれる』って言ったでしょ。でもね、哲也って本当は寂しい人間なんだよ。いつも集団の中心にいて発言力もあるからそう見えないだろうけど。近くにいて初めてわかったの。哲也が本当に苦しい時に助けてくれる人はいないいんだなって」

燈子先輩はそこまで感情を押し殺したように淡々と語った。

「だから私、そんな時に哲也を支えてあげられる人になりたかったの」

その声は感情が押し殺された分、余計に悲しみに満《み》ち溢《あふ》れて聞えた。

……鴨倉の大バカヤロウ！　こんなに素敵で、こんなに思ってくれる彼女がいるのに、なんで浮気なんかしたんだ……！

俺は嫉妬とは別の、何か悲しいような悔しいような怒りが込み上げて来るのを感じた。

その後、彼女は「ふふっ」と小さく笑った。何か自嘲的な笑いだ。

「なにが可笑《おか》しいんですか？」

だが俺のその問いに彼女は答えず、別の事を口にした。

「カレンさんって可愛《かわい》いわよね。サークル内でも人気があるでしょ」

「燈子先輩だって美人じゃないですか。学内一の美人って有名ですよ」

カレンが『サークル内ベスト五に入る可愛い子』なら、燈子先輩は『学内一の美人』だ。比較にならない。だが彼女はこう言った。

「美人……美人……美人かぁ。そうね、私は子供の頃からそう言われてきたわ。『燈子は美人だね』って」

「周囲の女性からは、随分と嫉妬されたんじゃないんですか？」

「そういうのも少しあったかもね。でもね、一色君。美人と可愛い子が男子の人気を競ったら、君はどっちが勝つと思う？」

そう問いかけられて俺は戸惑った。

美人と可愛い子？　その明確な区別はつかないが、どちらが勝つのだろうか？

「わかりません」

「普通はね、『可愛い子』が勝つのよ。男子が求めるのは、単なる容姿の美しさより、自分に向けられる可愛さじゃないのかな？」

俺はその言葉の具体的なイメージが掴《つか》めず、聞き返した。

「自分に向けられる可愛さ？」

「そう。美人かどうかなんて、結局はその人の主観によるじゃない。万人が好む顔なんていないわ。だから最も平均的で欠点がない顔が『美人』って事になるんじゃない？　それに対して『可愛い』は相手の心に訴えかけているの。『私を大切にして』って。男子にとっては『この子は自分が守ってあげなくちゃ』って気持ちになるんだと思う。そうじゃない？」

言われてみると、確かにそんな気もしてくる。『美人』については『外見的な容貌が整っているかどうか』という、ある意味で物理的な判断だ。

それに対して『可愛い』は心情を伴った感想だとも言える。『可愛い』と思った対象には、自分の保護欲がかきたてられるだろうし、自分のモノにしたいとも思うだろう。

さらに燈子先輩の言葉は続く。

「私はさぁ、中学時代から『美人だけど』って言われて来た。この『けど』の部分が重要なのよね、きっと」

そう語りながら燈子先輩の顔は、いつの間にか窓の外に向けられていた。

「私、このまま『可愛い子』に負け続けるのかな。一生、誰かの『守ってあげたい対象』にはならないんだな、きっと」

「燈子先輩は負けてなんか……」

……負けてなんかない……！

俺はそう言いたかった。だがそれより早く、燈子先輩が振り向いた。

「私だって、可愛くなりたいよ！　でもこういう性格なんだもん！　今さら自分なんて変えられない！　こんな態度しか出来ないんだよ！」

燈子先輩の目から、一気に涙が流れ出る。燈子先輩は、普段の大人びた態度がウソのように泣きじゃくった。両手で顔を覆い、身体《からだ》全体を震わせている。

抑えようとして抑えきれない嗚咽《おえつ》が漏れ伝わった。

……燈子先輩は、鴨倉哲也を信じたかったのだ。それで今まで、こんな回りくどい事を。

……彼女の自尊心もプライドも、今はガタガタに揺らいでいる。

……燈子先輩は、ずっと我慢していたんだ。自分が泣きたいのを抑えて、俺を励まして。

気丈な態度で振舞っていたが、実は俺以上に傷ついていたのかもしれない。

「燈子先輩……」

俺は静かに、怖がる子供に声をかけるように静かに言った。

「俺、いつも燈子先輩に助けられています。俺は先輩に甘えていたんです。だから……」

俺は彼女の両腕にそっと手をかけた。

「今日くらいは俺に甘えてください……」

俺はゆっくりと、だが力強く、燈子先輩を引き寄せた。

彼女は最初、それに微妙に抗《あらが》うような感じを見せたが、ゆっくりと俺の胸に顔を埋《うず》めた。

そのまま、俺のシャツを握り締めて泣き続けていた。

五　反撃の狼煙《のろし》

暗い車の中、外から照らす街灯の光が水槽の灯《あか》りのようだ。

その中で桜島燈子《さくらじまとうこ》先輩のシルエットが、淡い光を受けて燐光《りんこう》の中に浮かび上がる。

彼女は、普段のその落ち着いた知的な態度とは裏腹に、子供のように泣きじゃくっていた。

泣き顔を見せまいと俺の胸に埋めて、子供のように身体を丸めて、そして震え続けて……

俺、一色優《いっしきゆう》は、彼女にいま何をしてやれるのだろう。

彼女に浮気された俺と、彼氏に浮気された燈子先輩。

互いの傷を埋められるのは俺しかいなかった。

「燈子先輩……」

俺はさらに強く彼女の身体を抱きしめた。

「鴨倉《かもくら》の事なんか忘れて下さい！　俺が、俺が燈子先輩を守ります！」

俺は力強く、そう言い切った。そうだ、俺がこの人を守るんだ。

その言葉を聞いた燈子先輩は怖々顔を上げた。

「一色君、あなたが？」

「ええ、俺が燈子先輩を守ります。俺があなたのそばにずっと居ます」

すると彼女も強く俺に抱きついて来た。まるで子供が母親にしがみ付くように。

「私、あなたなら信頼できる。私もずっと一色君と一緒にいたい……」

俺は彼女の身体を抱きしめながら思った。

……ここで何もしないのは優しさじゃない。俺が出来る優しさとは……

「今夜はずっと一緒にいよう。燈子」

俺のその言葉に、燈子は黙って、だがハッキリと頷《うなず》いた。

俺は彼女の肩に手を回したまま、車を発進させた。

今夜、彼女を俺の物に、俺を彼女の物にするために……


「……勝手なナレーションをつけるのは止《や》めてくれないか？」

俺はあからさまに不機嫌な表情で言った。

コイツは放っておいたら、どこまで勝手な妄想を話し続けるか解《わか》らない。

「んだよ、そこまで行ったなら、それくらいヤレって事だよ、優！」

そう言ってモーニングセットのコーヒーを口にしたのは石田洋太《いしだようた》だ。

ここは千葉と東京を結ぶ主要街道・国道一四号沿いのファミリーレンストランだ。

そこに俺達は、朝九時から男二人で居座っている。

「おまえなぁ、相手はあの燈子先輩だぞ？　そんなに簡単に行くと思っているのか？」

俺が口を尖《とが》らせて言うと、石田が左手を立てて左右に振った。「無い無い」の意味だ。

「たとえ無理だとしても、そこは強引に行くのが男だろう。なんだって？　泣いている燈子先輩としばらくそのまま一緒にいて、終電が無くなる時間までアパートを見張ってから、彼女を家まで送って帰りました？　なんじゃソリャ。童貞高校生かよ、オマエは？」

「うるっせぇなぁ。俺はな、女の子の心の弱みにつけ込んで、自分のモノにしちまおうなんて卑劣漢じゃないんだよ！」

そりゃ俺だって聖人君子じゃない。ちょっとはそういう妄想も頭を横切った。

だけどもし燈子先輩と結ばれるなら、そんな成り行き任せみたいな形は嫌だ。

そもそもそんな事をしようとしたら、間違いなく燈子先輩は手厳しく拒絶するだろう。

彼女はそういう女性だ。

「いやぁ、オマエ、最大のチャンスを逃したよ。上手《うま》くやってれば、さっき俺が話した通りのストーリーになってたかもな」

「想像力が豊かだな。小説家か脚本家にでもなれよ」

「おお、それもイイな。全部が一件落着したら、この話をネットのＷＥＢ小説にでも投稿してみようかな？」

「オマエ、それをやったらマジで絶交だぞ」

「心配すんな。小説にするのはハッピーエンドの時だけだから」

そう言って石田は笑いやがった。こいつ、本当に俺の事を心配してるのか？

ただ面白がっているだけじゃないだろうな。

「それでこれからはどうするんだ？」

石田が急に真面目な顔で聞いて来た。

「どうって？」

「いよいよ実行するんだろ？『相手に死ぬほどの後悔・トラウマになるほどの復讐《ふくしゅう》』ってヤツを。一体どうやるんだ？」

俺もそれについては考えていた。そして昨日の夜、思い浮かんだ事が頭から離れないでいる。『燈子先輩が浮気をするとしたら、鴨倉に交際終了を突きつけた直後』という話だ。

「おい、どうした。なんで黙っている？」

俺が急に押し黙ったのを不審に思った石田が聞いた。

「ん、いや、ちょっと思い浮かんだ事があって」

「なんだよ、気になる言い方だな。言えよ」

「いや、これは俺の単なる空想なんだけどさ……」

俺はあらかじめ前置きをして話し始めた。

「俺が最初に燈子先輩に『カレンと鴨倉の事』を話しに行った時、『俺と浮気してくれ』

って言ったのは知ってるだろ」

「あんな大胆なセリフ、忘れたくても忘れられねーよ！」石田が変な笑いを浮かべる。

「その時にさ、燈子先輩が言っていたんだ。『もし自分が浮気するとしたら、浮気の証拠を相手に突きつけた後』だって」

石田が驚いたような目で俺を見た。

「それで俺も思ったんだ。『燈子先輩が鴨倉先輩に浮気の証拠を突きつけて交際終了を告げる。その直後に別の男と一夜を共にするって宣言する』としたら……鴨倉先輩には凄《すご》いショックじゃないかなって」

石田は一瞬ポカンとした顔をした。そして次の瞬間、手を叩《たた》いて笑い出した。

「そりゃイイ！　最高の復讐になるだろ。あのカッコつけ男・鴨倉先輩がフラれた上、その直後に彼女が他の男に奪われるなんて！」

石田は身体を反らせてファミレスのシートに転がらんばかりに笑い続けた。

「オマエ、喜び過ぎだろ」

そう言いつつ俺の口元にも笑みが浮かぶ。まぁ表面上はともかく、内心では鴨倉を嫌っている男子は多いだろうからな。俺は先を続けた。

「しかも鴨倉先輩にはどうする事もできない。何しろ自分が先に浮気したんだからな。フラれて当然だ。それに対して燈子先輩は堂々と交際終了宣言をしてるんだから、誰とどこで何をしようが文句を言われる筋合いはない。鴨倉先輩に燈子先輩を止める手立ては無い」

石田が笑い涙を拭きながら言った。

「それ、サイコー！　その場面、絶対に俺も見たいわ。どこでそれをやるんだ？」

だが俺はそこで、自分が調子に乗り過ぎていた事に気付いた。

「いや、燈子先輩は『そうする』って言った訳じゃないんだ。あくまで『もし浮気をするとしたら』という仮定の話なんだ。これを言った時も直後に『浮気をするって意味じゃない』って否定していたからな」

「なんだぁ、仮定の話か。鴨倉先輩の最高に情けない姿が見られると思ったのに」

石田はガッカリしたようだ。だがすぐに身を乗り出してくる。

「でもさ、そういう話が出たって事は、燈子先輩だってその可能性を考えてない訳じゃないんだろ？」

迫るようにそう言う石田に、俺は気圧《けお》された。

「う、う〜ん、そうかもしれないけど……」

「だろ？　だったら頑張れよ！　考えてもみろ、相手はあの燈子先輩だぞ。俺たちが高校時代からずっと憧れていた、高嶺《たかね》の花《はな》の！」

「が、頑張るって何をだよ？」

「そりゃ燈子先輩と一緒に『浮気者二人への報復』さ。優はこれから燈子先輩と一緒に居る事が多くなるんだよな？　同じ境遇で同じ目的、そして同じ敵がいる。これほど二人の関係が近くなる好条件はないだろ？」

「う～ん」俺は考え込んでしまった。確かに石田の言う事は正しい。俺は燈子先輩と接触する機会は多くなる。だけど何か釈然としない。

「それにさ、燈子先輩と仲良くなれれば、カレンちゃんの浮気からも早く立ち直れるんじゃないか？　古い恋愛の傷を癒《いや》す一番の方法は、新しい恋だろ」

それはその通りだろう。実際にカレンの浮気が確定しても、俺がそこまでドン底に落ち込まないのは、燈子先輩の存在が大きい。彼女が居てくれるからこそ、俺は『恋人と先輩の浮気』という現実を直視する事が出来ているのだ。

「ともかくさ、せっかく燈子先輩なんてチョー美人とお近づきになれたんだ。これは前向きに行動するしかないぜ。それが鴨倉先輩へのカウンターパンチにもなるんだから」

俺は石田を見つめた。コイツは俺をイジっているようで、真剣に俺の事を心配してくれているのだ。その点は感謝しなければならない。

それに石田の言う通り、もし俺が燈子先輩と付き合う事が出来れば、それは鴨倉への強烈な報復になるだろう。鴨倉の情けない泣き顔が見られるかもしれない。

だがそんなに上手く行くだろうか？

夜になってから俺はカレンにメッセージを送った。

目的は状況確認。昨夜は鴨倉の部屋に泊まったとしたら、まだ二人が一緒にいる可能性がある。それを考えると今夜は電話はしない方がいいだろう。

それと昨晩はカレンの方から「夜の電話はしないで」と言われたので、表面的にはそれに配慮した形だ。

＞（優）カレン、起きてる？

＞（カレン）起きてるよ〜。

＞（優）昨日は地元の友達と会ってたんだよね。楽しかった？

＞（カレン）うん、楽しかった！　でも朝までおしゃべりしていたから今日は一日家で寝てたよ。

なるほど、こう言えばもし俺が日中に連絡していたとしても、カレンが返信できなかった言い訳になる。おそらくカレンは昼過ぎくらいまでは鴨倉と一緒に居たのだろう。

＞（優）そうか、良かったね。じゃあ来週の土日は二人でどこかに遊びに行かないか？

さあ、コイツはなんて答えるか？

鴨倉に気持ちが移っているなら、俺に時間は取られたくないはずだ。

＞（カレン）ん〜、まだわかんない。

なるほどね。やっぱり俺からはだいぶ気持ちが離れているんだな。

＞（優）じゃあまた連絡するよ。

＞（カレン）あ、ちょっと待って。

＞（優）なに？

＞（カレン）カレンも今度、友達と旅行に行こうと思っているんだ。

友達と旅行だと？　誰とだ。

＞（優）どこの友達？

＞（カレン）地元の。中学時代の友達。

怪しいな。カレンは鴨倉と会う時は『地元の友達』を使っているような気がする。

＞（カレン）いいでしょ？　優くんも前に石田くんと釣りに行くって話していたじゃない！　カレンだって、たまには地元の友達とゆっくり遊びたいよ。

俺が何か言う前に、この押しの強さ。やっぱり相手は鴨倉か？

＞（優）別にダメなんて言ってないよ。いいんじゃない。行ってくれば。

＞（カレン）『良しのスタンプ』

＞（優）いつ行く予定？

＞（カレン）まだハッキリ決まってない。でもたぶん十一月の連休かな。

＞（優）そう。じゃ決まったら教えて。

＞（カレン）わかった。

カレンとのメッセージはこれで終わった。俺はさっそく燈子先輩に電話をかける。

「はい？」

「俺です。さっきカレンとメッセージをやり取りしました」

「もしかして『旅行に行く』って話？」

「燈子先輩も鴨倉先輩から聞いたんですか？」

「そこまでハッキリじゃないけど、『中学時代の部活の連中と旅行に行くかも』ってさっき電話で言っていたわ」

「やっぱり。カレンも同じように言っていました。日程はハッキリ決まっていないけど十一月の連休だって」

「哲也《てつや》はそこまでは言ってなかったわね。あくまで『行くかもしれない』って感じだったわ」

という事は、鴨倉よりもカレンの方が浮気にのめり込んでいる、そういう事なのだろう。

もはやカレンの事を彼女とは思っていないが、やはり面白くない気分だ。

俺はその事を燈子先輩に告げる事にした。

「どうやら話の感じからすると、カレンの方が入れ込んでいるように思えます」

燈子先輩も同じ印象を受けているらしい。

「そんな感じもするわね」

「俺が『来週会おうか』って言ったら、『まだわからない』って返されました」

「マズイわね、それは」

燈子先輩の声が止まる。何か考えているようだ。

「ともかく明日会いましょう。これからの計画を考えたいの。場所は最初に会った時のコーヒーショップ。いいわね？」

「わかりました。それじゃあ時間もこの前と同じで」

そう言って電話を切る。

燈子先輩もついに『鴨倉哲也と蜜本《みつもと》カレンの浮気』を認めた。これからはいよいよ『相手が死にたいと思うほど、トラウマになるような復讐作戦』に入るのだ。

ここまでコケにされた屈辱と恨みは、絶対に忘れない。心底から思い知らせてやる！


翌日の月曜日、午後六時。大学からは離れた駅にあるコーヒーショップ。最初に燈子先輩にこの件を話した場所だ。俺は約束の時間の十分前。燈子先輩は五分前にやって来た。

「あいかわらず早いわね」

燈子先輩は俺の姿を見ると、そう言いながらイスに腰掛けた。

「燈子先輩を待たせる訳には行きませんから」俺がそう答えると「そんな事に気を使わな

くていいのに」と彼女は苦笑した。

俺は少しホッとした。いつもと同じ燈子先輩だ。

土曜の夜、感情を吐き出すように泣いていた燈子先輩。

初めて彼女の弱い部分を見てしまった。

そして俺の中で、彼女の存在が変わったような気がする。

もし燈子先輩も、俺に対して何かが変わったと感じたなら、今までと同じようには会えないんじゃないかと恐れていたのだ。

「それでこれからの計画だけど……」

レモンティーをオーダーした後、燈子先輩は切り出した。

「哲也とカレンさんが浮気している事がハッキリした以上、私はいつまでも哲也と付き合っていく気はないの」

「ハイ、それは俺も同じです」

このままカレンに騙《だま》されたフリを続けて、付き合っていく事なんて出来ない。

「それで最初に話した『相手に死にたいと思うほど後悔させる』という計画だけど……」

俺は緊張しながら、燈子先輩の次の言葉を待った。

「タイミングはクリスマス・イブにするわ」

「えっ？」俺は思わず驚きの声を上げた。

クリスマス・イブって早くないか？　今が十月下旬だから、あと二ヶ月程度しかない。確かに恋人達が一緒に過ごす聖夜に『残酷な別れ』があれば、相手に与える衝撃は大きいだろうが。

「なに？　なにか問題でもあるの？」

燈子先輩は俺を探るような目で見た。

「いや、問題って訳じゃないですけど。でもそれって具体的にはどうするんですか？」

「そうね……」彼女はイスに座り直すと、わずかに前のめりになった。

「まずは相手を惚《ほ》れさせる事。今よりももっともっと、そう私に依存症になるくらいに」

「それから？」

「自分から離れられなくなった時を見計らって、相手を痛烈に振るのよ。そのベストなタイミングがクリスマス・イブよ。イブにサークルのパーティがあるのは知っているでしょ？」

「はい。毎年けっこう盛大に開催してるって聞いてます。大きなイベントですよね」

「そのパーティで二人の浮気を暴露して、私たちは相手に交際終了を宣言する。哲也はすごく面子《メンツ》を気にするタイプだし、カレンさんも私が見た所、周囲の評価に敏感な方だと思う。そんな二人にとってはこれ以上ない屈辱でしょ？」

なるほど、確かに普段から『自分が一番でないと気が済まない鴨倉』にとっては、みんなの目の前でフラれるなんて許せないレベルの屈辱だろう。カレンにしても『自分は可愛《かわい》い女の子という目で周囲に見られたい欲求』が強いのは俺も解《わか》っている。それが『彼氏の先輩と浮気』なんてバレたら、イメージはガタ落ちなんてもんじゃ済まない。

「燈子先輩の言っている事はわかりました。でも不安が二点あるんです」

「なにかしら？」

「一つはクリスマス・パーティを台無しにしてしまう可能性がある事です」

燈子先輩は頷《うなず》いた。

「それは私も考えている。ただクリパでは例年『ベスト・カップル投票』と『秘密の暴露』のイベントがあるの。大抵は『面白ネタ』か『片思いの相手への告白タイム』になっているんだけど、中には『カップル解消宣言』をした人たちも過去にいるわ」

「そんなイベントがあったんですね。『ベスト・カップル投票』は知ってましたけど、『秘密の暴露』は知りませんでした」

「でも『過去のカップル解消宣言』は、予《あらかじ》め二人の間で打合せをした上でやったみたいなの。だから突然『浮気と交際終了宣言』されたら、哲也もカレンさんも動揺するでしょうね。その時、哲也は何をするかわからない。だから私達も手を打っておく必要があるわ」

「手を打つとは？」

「サークル内で私達の味方を増やしておくのよ」燈子先輩が当然のように言った。

「一色君は石田君と仲がいいのよね。私にも信頼できる友達がいる。まずはその人にウチのサークルに入って貰《もら》うつもりよ」

「誰ですか、その人は？」

「君の知らない子。経済学部二年の加納一美《かのうかずみ》っていうの。彼女は私と同じ中学で、家も近くてその頃から親友だった。高校は海浜幕張高《かいひんまくはりこう》じゃなくて、私立に行ったんだけどね。大学でまた一緒になった、って感じかな」

「その二人をテコにサークル内の世論を作ろうって言うんですね。でもそれだけで上手《うま》く行くのかな？」

　俺はまだ疑問だった。確かに一～二年の後輩男子は鴨倉を内心は嫌っている。だが鴨倉に女子のファンが多い事は間違いないし、サークル内で権力を持っている事も確かだ。

　カレンについても、何となく女子の中では浮いている感じがするが実際はどうだろうか？

「それについては一美達を交えて一度話したいと思うの。ところでもう一つの不安は何？」

「それを決行するのってクリスマス・イブですよね。それまでにカレンを俺から離れられなくなるくらい、好きにさせられるかなって」

　何しろ今はカレンの気持ちは、俺から離れかけているように思える。

「二ヶ月じゃカレンさんを大好きにさせる自信が無いってこと？」

「だって電話で話したとおり、今はカレンの気持ちは鴨倉先輩に傾いていると思えますし」

「相変わらず弱気なのね」燈子先輩は少し落胆したように言った。「だからこそ『今』なんじゃない。交際して三ヶ月って、二人の仲がさらに燃え上がるか、冷めて自然消滅するかの分かれ道よ」

「そうなんですか？」

「少なくとも私が知っている範囲ではね。一ヶ月、三ヶ月、半年、一年、三年って感じで、恋人同士には別れを考える時が来るのよ」

ほぇ〜、と俺は思った。けっこう頻繁に来るもんだ。

「一ヶ月で別れるカップルっていうのは『ノリで付き合ったけど、やっぱり違うわ』と思う場合なの。だから付き合った内に入れない子も多いわ」

ノリでねぇ。それにしても『付き合った内に入れない』ってちょっとヒドくない？

「三ヶ月って、二人の相性が合う場合は相手のいい面が見えてきて、愛情が深まる時期なのよ。逆に相性があまり良くないと、悪い面が気になって『この人とは合わない』って感じで冷めちゃうのよね」

まぁ言われてみると、そうかもしれない。

「一色君とカレンさんは、今この三ヶ月の時期にいるのよね？　君はこれまでカレンさんの事をどう思っていた？　この一件を知る前まで」

この『カレンと鴨倉が浮気している』件が発覚する前って事か？

「そうですね。俺はけっこうカレンに夢中になっていたと思います。俺にとっては初めての彼女ですし。確かに付き合っていて『思っていたのと違うかも』とは感じましたが、それほどの違和感じゃなかったです」

改めてカレンとの楽しかった日々が思い出された。心がズキッズキッと痛み出す。

「そうね、『初めての』って特別よね……」

その燈子先輩の悲しそうな言葉は、『ズキンッ！』と激しく俺の胸を打った。

カレンとの痛みより、数倍大きな衝撃だ。

……やっぱり、燈子先輩は、鴨倉の事を……

そう考えると肺の中の酸素が無くなったかのような、息苦しさを感じる。

「でも君がそうやって少しは違和感を持っていたという事は、カレンさんはもっと感じていたかもしれないわ。君は今、このタイミングで『彼女を自分に惚れさせる事』が出来なくて、もっと先なら惚れさせる自信があるの？」

最後の方は鋭さを含んだ言葉だった。

確かにその通りだ。この問題は時間では解決しない。

いやむしろ時間が経《た》てば経つほど、俺にとっては不利になるかもしれない。だが……

「燈子先輩の言う事はわかりました。確かに先延ばしにした所で、事態が好転する訳じゃありません」

燈子先輩が黙って頷く。

「でも離れかけている彼女の気持ちを、自分の方に引き戻す事も簡単に出来るとは思えないんです」

「確かに簡単ではないかもしれない。でも現状ならまだ十分に可能な事だと思うの」

俺が不思議そうな顔をしていると、燈子先輩は説明をしてくれた。

「カレンさんはまだ君に、哲也との事を隠しているのよね？　つまりカレンさん自身も『今の本命は一色君』だって思っている訳よ」

まぁそれはそうだろうな、と思う。

「確かに彼女の気持ちはだいぶ哲也に傾いているのかもしれない。だけど哲也の方は、まだそこまでカレンさんに本気じゃないと思うわ」

俺は改めて燈子先輩を見た。これは別に自信過剰ではないだろう。外見だけ見ても、カレンでは燈子先輩には敵《かな》わない。たとえカレンがいくら『可愛い女の子の仮面』を被《かぶ》ろうとしてもだ。

「普段の哲也の態度からも判断できるけど、今回の『旅行』の一件でもわかるわ。カレンさんは君に『既に旅行に行く前提』で話をしてる。だけど哲也は『行くかもしれない』というレベルだった。つまり私の態度次第で旅行計画は流れるかもしれないって事」

俺は頷いた。確かに、燈子先輩が鴨倉に「旅行に行くな！」と言えば、旅行計画はオジャンになるだろう。

「楽しみにしていた旅行が、男側からのドタキャンになったら、女はどう思うか？　私はこれをコントロールできるのよ」

燈子先輩は事も無げに言った。

すっげーな、燈子先輩。さすがと言うより、なんだかちょっと怖くなってきた。

「それとカレンさんに対しては、もう一つ考えがあるの」

燈子先輩は人差し指を立てた。少し秘密めいた感じだ。

「なんです、その考えって」

「女はね、集団の生き物だって事よ。特に彼女のようなタイプはね」

「集団の生き物？　どういう意味ですか？」

ヒトとはそもそも集団で生きる生き物だし、それとカレンが俺を好きになる事が、どう関係するのか？

「わからないとしたら、一色君は大きく勘違いしている所があるかもね」

「大きく勘違い、ですか？」

俺はその言葉に疑問を感じて、さらに聞き返した。

「そう、と言うか『自分はモテない』って思っている男性全般がかな」

俺には燈子先輩の言っている意味が、全く解らなかった。

「モテる男子の条件って何だと思う？」

　そんな俺の様子を見て、燈子先輩はそう問いかけてきた。

「まぁイケメンだとか、スポーツが出来るとか、背が高いとか。あとは内面的なものだと、頭がいいとか、優しいとかですかね？」

「それは男性が思う『モテる男子』の条件よね？」

「女子は違うんですか？」

「いま君が言った条件が無いとは言わないけど、それが本質じゃないと思うの。もっと重要な要素があるんじゃない？」

「重要な要素？」

「たとえば、君が言った『イケメン、スポーツ万能、高身長、頭がイイ、優しい』。これらが必須条件だったら、あまりカッコ良くないお笑い芸人が、才色兼備の女子アナと結婚するのはおかしくない？」

「でもお笑い芸人はお金があるからじゃないですか？　話も上手そうだし」

「それほど売れてなくても、女子アナやモデル、有名女優と結婚した芸人もそれなりにいるでしょ？」

「まぁ、確かにそうかも」

「それで私が言った要素の一つは、いま君が言った『話が上手い』も入るわ」

「それって女の子を上手に煽《おだ》てるとか、そういう事ですか？」

「違うわ。まず『聞き上手』で『相手の意図を汲《く》み取った発言』をして『雰囲気を作るのが上手い』って事よ」

聞き上手、相手の意図を汲み取った発言、雰囲気作りが上手い。

ボンヤリとだが、言っている事は解るような気がする。

「ただ自分がしゃべるだけの『話し上手』は女子には好かれない。まず『聞き上手』で自分の気持ちに寄り添ってくれる、そういう相手が好まれる場合が多いのよ」

「つまり俺に『カレンの話をよく聞いてやれ』って事ですか？」

自分ではカレンの話を聞いてやっていたつもりだ。

何しろカレンは、常に一方的に自分の意見を押し付けるタイプだから。

「ちょっと違うかな。君はおそらく彼女の話をよく聞いてあげるタイプだと思う。私と話していてもそれは感じるから」

「すると発言ですか？　それとも雰囲気作り？」

「そう、雰囲気作りね。でもそれはカップルの間でムードを盛り上げるとか、そういう話じゃないの」

また俺は燈子先輩の言わんとしている事が解らなくなって来た。まるで謎解きだ。

「じゃあどういう雰囲気作りなんですか？」

「集団の雰囲気よ。もっとストレートに言うと『女子全体の人気を高める』っていう事よ」

……ハッ？　……俺は目が点になった。

『女子全体の人気を高める』だって？

それってつまり『モテ男になれ』って事じゃないか？

それが出来るくらいなら、最初からこんな苦労はしていない。

燈子先輩は、鴨倉みたいに『女子にキャーキャー言われる男』が彼氏だから、それが簡単に思えるんじゃないか？

「それって凄《すご》く難易度が高いと思えるんですけど？　そもそもカレン一人に惚《ほ》れられるのにも苦労するのに、女子全体に惚れられるってあり得ないですよ。って言うか本末転倒な気もするし」

だが燈子先輩は、目を閉じて小さく顔を左右に振った。

「勘違いしないで。『女子全員に惚れられる』なんて言ってないわ。そんなのは個人の好みもあるから無理だし。そうじゃなくて、あくまで『女子達からの好感度を上げる』っていう意味よ」

それでもまだ腑《ふ》に落ちない様子の俺を見て、燈子先輩はさらに説明を付け加えた。

「あのね、女子が『あの人を彼氏にしたい』って言うのと、『ああいう人が彼氏だったらいいね』って言うのは、全然意味が違うのよ。『彼氏にしたい』は条件とかは別にして特定の個人を恋愛対象としている。『彼氏だったらいいね』は条件やなんかを含めた、あくまで一般論。別にその相手を彼氏にしたい訳じゃない。そして君が目指すのは『彼氏だったらいいね』の方。これはある程度のレベルをクリアすればいいのよ」

「はぁ、言っている意味は理解しました。でも女子全体の好感度が上がれば、カレンは俺を今より好きになるんですか？」

「それも一つの有効な方法だと思うの。おそらくカレンさんに対しては、ね」

う〜ん、正直なところ燈子先輩の言っている事は理解できない点もあるし、全部は鵜呑《うの》みにできないが……。

でも燈子先輩なりに俺には見えない『カレンの姿』が見えているのだろう。

「でもそれってどうやったら出来るんですか？」

「それはまた後で、詳しく話すわ。大丈夫、私の言った通りにすれば勝算は十分にある。後は君の覚悟とヤル気の問題よ」

そうして燈子先輩はレモンティーをゆっくりと飲んだ。カップをテーブルに戻す。

「それよりもいま大事な事は、浮気者の二人にノックアウト・パンチを食らわせる日を決定したという事よ！」

燈子先輩は今までよりも、強い光を帯びた目で俺を見つめた。

「期日がない計画をいくら立てても、実現する事はできない。だからクリスマス・イブを

Xデーと決める。いいわね？」

そうだ、燈子先輩の言う通りだ。いつまでもズルズルと引き延ばしても仕方が無いし、覚悟を決めて勝負をするしかない。そのために、ここでこうしているのだ。

「わかりました。やりましょう、まだ二ヶ月もあるんだし！」

「その意気よ！」

燈子先輩がイケメンな笑いを浮かべた。


俺と燈子先輩はいったんコーヒーショップを出て、国道沿いのファミリーレストランに入った。話がかなり長引いた事もあり、一度店を変えた方がいいだろうというのと、単純に小腹が空《す》いたためだ。燈子先輩はパスタ、俺はハンバーグセットを頼む。

ちなみに燈子先輩は絶対に俺に奢《おご》らせない。「俺が呼び出した時くらい、俺が払いますよ」と言っても、「いいから。お互い学生でしょ。そんな所で気を使わないで」と言ってサッサと自分で払う。カレンはいつも当然のように俺に払わせるので違和感を覚える。

「それで燈子先輩、Xデーまでに俺が『カレンから最高に惚れられる方法』についてですが、燈子先輩の考える『作戦』を教えて貰《もら》えますか？」

燈子先輩はシートに深く座り直すと、説明を始めてくれた。

「さっき二つ言ったわよね。一つは『旅行計画を台無しにする事』。これについては君は何もしなくていいわ。ただカレンさんが『友達と旅行に行きたい』って言ったら、優しく『楽しんできてね』って送り出してあげればオッケー」

「燈子先輩が鴨倉先輩をうまく操って、旅行をドタキャンさせるって話ですね」

「そう。哲也はまだ、私を怒らせてまでカレンさんと付き合うつもりはない。でも楽しみにしていた旅行をドタキャンされたカレンさんは、かなり憤慨するでしょうね。哲也に対する見る目も変わるかもしれない。そんな時に常に彼女を優しく、温かく見守ってくれている君の存在に気付けば、カレンさんも誰が一番か思い出すでしょう」

そんなにうまく行くものだろうか……という疑念が横切るが、燈子先輩が口にすると簡単に実現しそうだから不思議だ。

「もう一つの方法は？」

「それもさっき言った通りよ。『女子全体の人気を高める』」

「その方法がわからないんですよ。もう少し具体的に話してください」

「まず女子に嫌われる事はしない、これが第一かしら」

「みんな嫌われないように努力してるんじゃないですか？」

「そうかな？　それにしては男子は配慮が足らないと思うんだけど？」

「どういう点でですか？」

「例えば外見なら、寝癖のまま、鼻毛が出てる、目ヤニが付いてる、無精ヒゲのまま、服装がだらしない。全て普通の女子ならあり得ない事よ」

俺は記憶を探ってみた。確かにそういう女の子は少なかったように思う。

「女子が毎日どれだけの時間を、自分の身体《からだ》のメンテに使っているか、考えた事がある？

一時間や二時間は楽に掛かっているのよ」

そういうもんなのか。

確かに女の子と旅行に行くと、よく自分の顔や身体をイジっているのを見るもんな。

「だから外見的には清潔である事が最低条件。別に流行の服を着るとか、カッコイイ髪型にするのがイイ訳じゃないのよ。モテる男子は外見の清潔感に気を配っているのよ」

燈子先輩はそう言った後で「その点、一色君はクリアしているけどね」と言ってくれた。

「ありがとうございます。他には？」

「態度とか言動とかで言うと、どっかの本で読んだようなボディタッチは嫌われるわ。『頭ポンポン』なんて、親しくもない、好意も持ってない男にやられたって不愉快なだけ。それだったら自然な距離で話しかけるだけの方が何倍もマシだわ」

おお、辛辣！　でも俺も『頭ポンポン』や『壁ドン』なんて、どこのバカがやるのかと思っているけど。

「悩みを聞く時とかも、わかってない男子が多いのよね。女子から悩みを相談された事で『頼りにされてる』って思うのか、ヤケに一生懸命に的外れな忠告をして来る人が多いのよ。女子は、別に悩みに対して正論や正解なんて期待してないの。ただ話を聞いて欲しいだけなのよ。そこを『それはこうすべき』とか『こうすればいいじゃん』とか言われたって、『ハッ？　そういう事じゃないんだけど』って思っちゃうのよ。ましてや批判とかなんて論外ね」

な、なんか、今日の燈子先輩、メッチャ怖いんですけど。

「だから君は、これから女子と話す時は、基本は相手の言うことを聞いているだけでいいわ。そして時折『そうだね、俺も同じような事があったよ』って返していれば十分だから」

それは良かった。俺はあまり親しくない女子と話すのは苦手なのだ。何を話していいか、焦って言葉が出てこないんだよな。

「あ、でも最初の言葉や話題は、男子の方から振ってあげた方がいいかも。近くで黙っていられると、ちょっと怖い気がするし。『何か用なの？』って思っちゃうから」

難しいなぁ、女の子。

「後は女子の集団には、常に公平に接する事。女の子はちょっとの差でも凄く敏感だから。それは特別扱いされた子は嬉《うれ》しいかもしれないけど、他の子は絶対に面白くないしね。最後には特別扱いされた子も、周囲の目を気にして離れていっちゃうの」

その後も燈子先輩は、女子が『集団での雰囲気』をいかに大切にするかを話してくれた。

「それで燈子先輩、女子全体の好感度を上げるだけで、カレンの気持ちが戻るんですか？」

燈子先輩は頷《うなず》いた。

「私が見た所、カレンさんは自己顕示欲と言うか承認欲求が強いタイプだと思うの。そういうタイプの子って、優しくしてあげるだけじゃダメなのよね。『ここまでＯＫなら、次はこうして欲しい。さらにＯＫなら次はもっと！』って感じで『愛情確認のハードル』が上がっていくのよ」

それはすごくよく理解できた。と言うか燈子先輩の言う通りだったのだ。

カレンも最初は小さなお願いを可愛《かわい》く頼む程度だったが、段々とそれが当たり前になり、どんどん色んな事を俺に要求してくるようになった。そしてそれが叶《かな》えられないとなると、いつまでも不機嫌でいて、突然怒り出す事さえあるのだ。

「そういう子って浮気もしやすいのよね。一人の男性じゃ満足できなくなって、他の人を求めたり。そして『彼氏が自分の事を理解してくれないのが悪い。気持ちを察してくれない。愛が足りないせいだ』って、浮気を正当化できちゃうから」

燈子先輩、情報工学を辞めて、精神科医師か心理学者になった方がいいのでは……

「そういう自己顕示欲や承認欲求が強い人は、集団の中の目を凄く気にするの。だから周囲の女子が『一色君はイイネ！』って言っていたら、そんな彼氏は絶対に手放したくないはず。そんなカレンさんだからこそ、サークル内でも女子に人気があって、中心人物的な哲也と浮気したのかもしれない」

うおお、なんか凄く納得の行く話だ。

俺は何も言うことが出来ず、ただ黙って燈子先輩の話を聞いていた。

「だから君がいくら優しくしてあげても、カレンさんにとってそれは『当然の事』だから、彼女の気持ちは戻らない。それよりも周囲の女子達からの評価を高くして、カレンさんに『一色君を手放したくない』『独占したい』って思わせる方がいいのよ」

俺は燈子先輩の観察力と洞察力にすっかり舌を巻いていた。特にカレンの「俺に対する要求がエスカレートする」事なんて、まるで見ていたのかと思うくらいだ。

「後は少しだけ、周囲の男子より女子の目を引く事ができれば完璧ね」

「それはどうすればいいんですか？」

するとと燈子先輩は微妙な表情をした。

イジワルをするような、それでいて頼みごとをするような。

「無料相談はここまで。ここから先は私も報酬が欲しいな」

「報酬ですか？　お金ですか？」

「お金なんて要らないわ。それよりももっと、私にとって重要な事……」

「燈子先輩にとって重要なこと？」

なんだろう。まったく思い浮かばない。

「私にさ……＊＊＊＊＊＊＊＊＊＊＊」

燈子先輩の声が急に小さくなった。

「え？　なんですか？」

「だからぁ……＊＊＊＊＊＊＊＊＊＊」

燈子先輩にしては珍しく言いにくそうにしていると言うか、モジモジしているみたいだ。

「すみません、よく聞えないんですが？　もうちょっと大きな声で言って貰えますか？」

「んっ、もうっ！」燈子先輩は赤い顔をして怒ったように言った。

「私に『可愛い女の子』を教えて欲しいの！」

「……」俺は一瞬、言葉を失ってしまった。

燈子先輩は真っ赤な顔をしている。耳まで赤い。

「この前、言ったでしょ？『私だって可愛くなりたい』って。だから男子が思う『可愛い女の子』を教えて欲しいの」

彼女は言いながらもモジモジとしていた。

……その感じ、既に『可愛い』ですよ。燈子先輩……

俺は可笑《おか》しくなっていた。冷静で理知的で完璧美女の燈子先輩がこんな事を頼むなんて。

「ぷふっ」思わず吹き出してしまった。

「な、なに？　なんで笑っているの？」

燈子先輩が赤い顔のまま、焦ったように俺を見る。

「いや、すみません。ちょっと信じられなくて」

「なによ、信じられないって！　さっき言ったでしょ、そういう点が女子から見て……」

「ごめんなさい、そういう意味じゃないです。別に燈子先輩の言った事を否定している訳じゃありません」

俺がそう言った事で、燈子先輩はとりあえず言葉を引っ込めたようだ。

だがまだ不満そうに口を尖《とが》らせている。赤い顔をしたままでだ。

「でも本当に俺でいいんですか？　俺程度のヤツが思う『可愛い女の子』で」

その点も可笑しかった。完璧美女の燈子先輩が、超普通凡人の俺に『可愛い女の子を教えてくれ』なんて。頼む相手を間違えているんじゃないか？

「君だから頼んでいるんじゃない。他の人にはこんなこと、頼めないよ」

彼女はまだ恥ずかしいのか、俯《うつむ》いたまま上目遣いで俺を見た。

「わかりました。俺で良ければ、俺が思う『可愛い女の子』について、今度までに考えを纏《まと》めてきます」

「レポートは五ページ以上十ページ以下。要旨は完結に纏めること！　C判定以下だったら再レポートだからね！」

彼女は恥ずかしさからそんな冗談を口にし、「ツン」と横を向いた。まだ顔が赤い。

今の様子が、本当に可愛いんだけどなぁ。燈子先輩。

翌日、俺はいつものように夜八時過ぎにカレンに電話を掛けた。

この日は今までのパターンから、カレンは鴨倉と会っていないと思われたからだ。

しかしカレンは電話に出なかった。それから三時間後、俺は再びカレンに電話をかけた。

「……はい」

いつものハイテンションとは打って変わって、低い不満そうな声だ。

「カレン？　俺、優だけど」

「電話来た段階で、通知見てわかってるよ」

「そうだな」

「それで、用はなに？」

かなりつっけんどんな言い方だ。これは相当に機嫌が悪い。

「いや、さっき電話した時、出なかったからさ。どうかしたのかと思って」

「……別に。寝てた」

「そうか。【寝て】たのか」

どうやら今日も鴨倉と会っていたらしい。『寝てた』の意味が違うようだ。

「用ってそれだけ？」

「え、ああ。でも毎日連絡するって約束してただろ」

「……」

「俺もカレンの声が聞きたかったしさ」

腹立たしさを抑えながら、俺は何とか優しい声でそう言った。

「もういいんじゃない？」

「え？」

「毎日の電話は、もういいよ」

「でもカレンが言ったんだぜ。『毎日連絡してくるのが彼氏として当然』だって」

「そりゃ付き合って最初の頃はそうだけどさ。カレンたち、もう付き合って三ヶ月になるじゃん。毎日電話しなくたっていいかなって」

「俺とは毎日話したくはない、って事なのか？」

「そうじゃないけどさ。なんか毎日の電話って監視されてるみたいでさ。束縛されてるみたいじゃん。そんなことされるとカレン、優くんの事が嫌になっちゃうかも」

コイツ、自分が監視されるような事をしているクセに、どの口で言ってやがるんだ？

「……そうか……」

……そんなに鴨倉との時間が大切か？　俺とはもう話す時間も惜しいってか……？

しばらく沈黙が続く。

「話って、それだけ？」

俺がそう返事するとすぐに、『通話終了』となっていた。

「ああ、お休み」

「カレン、頭が痛いから、もう寝るね」

「あ、ああ」

翌日の水曜日。俺たちは大学から離れた喫茶店に集まった。

俺と燈子先輩以外に、俺の親友である石田洋太、そして燈子先輩の親友である加納一美さんが一緒だ。四人が一堂に会するのはこれが初めてで、俺と石田は一美さんとは初対面になる。

一美さんは髪を明るい茶色に染めた、一般的な美人といった感じの人だ。

「それは、マズイことをしたわね」

俺がカレンとの電話の内容を話すと、燈子先輩は拳を顎にあてて険しい表情をした。

「やっぱり、そうですか……」俺は沈んだ声を出した。

あの電話の内容は「別れる寸前のカップルの会話」と言ってもいいくらいだ。

「カレンさんに『毎日電話しなくていい』って言わせちゃったのはマズかったわ。彼女の中で一色君の優先順位が落ちた事を、認識させちゃっているからね」

それを聞いた一美さんが、飲んでいたアイスコーヒーのストローから口を放した。

「燈子の言う通りだね。そういう時、女は『コイツ、ウザい。もういいや』って気分になっているから。彼氏に知られたくない事をやっていて、それを尋ねられたら、『寝てた』『頭が痛い』『もう眠い』は常套句《じょうとうく》だもんね」

「すみません。俺が余計な連絡をしたばかりに……」

俺が頭を下げると、石田がそれを庇《かば》うように言った。

「いや、仕方ないと思うぜ。彼氏が普段通りに電話して、彼女が出なかったら『何してた?』って聞くのは普通だろ?」

「そうね。そこで何も聞かないのは、逆に彼女も不自然に思うかもね」

燈子先輩もそれには同意した。だがすぐに次の指摘が入る。

「でももうこれからは、カレンさんが哲也と一緒に居そうな時に、君から連絡するのは絶対に止《や》めなさい。浮気とか何とかにかかわらず、女は他の男性と一緒に居る時に彼氏から連絡が入るのは、かなり面倒臭いと思うものよ」

「わかりました」

「私たちの目的は『相手を最高に惚《ほ》れさせた時に、相手を振る事』なんだから。今からカレンさんの気持ちが離れるような事は慎まないと」

俺には返す言葉が無かった。だが冷静に考えてみると、『離れかけた彼女の気持ちを取り戻す』っていう事だけでも、相当に難易度が高いんじゃないだろうか?

「まぁそれはそれとして。今日の話し合いの主題はそれじゃないんでしょ。チャラ鴨とビッチ女に鉄槌《てっつい》を下すための方針だよね？」

一美さんが場の雰囲気を和まそうとしてか、そう軽口を叩《たた》いた。だが「チャラ鴨！」と言って、その言葉に笑ったのは石田だけだった。燈子先輩は不満顔で口を開く。

「そうね。それで事前に話したように、二人にはサークル内で私と一色君の味方になってくれるように雰囲気を作って欲しいの。何と言ってもサークルのイベントであるクリスマス・パーティで事件を起こそうと言うんだから。周囲が味方をしてくれないと、哲也たちへのダメージが半減してしまうわ」

「今まで聞いた話だと、鴨倉もクズだけど、そのカレンって女もたいがいだな。その女に同情する女子は、現状でもほとんどいないんじゃないのか？」

うわ、言いにくい事をハッキリと。一美さんは歯に衣《きぬ》を着せずに物を言う人だ。

それに石田が同調した。

「カレンちゃんに対して女子はそうっすね。それと鴨倉先輩に対しても一〜二年の男子はほとんどが同情なんてしないんじゃないですか？　同じ三年生だって鴨倉先輩の自己中さと女癖の悪さは評判悪いっすから」

「おいっ、石田！」

俺は石田を窘《たしな》めた。少なくとも燈子先輩にとって鴨倉は彼氏だ。その彼氏を悪《あ》し様《ざま》に言われていい気がする訳はない。

だがその俺を止めたのは他ならぬ燈子先輩だった。

「いいのよ、一色君。石田君の言う事は本当だから。そこから目を逸《そ》らしても仕方ないし、私も感じていた事だから」

だがそう言った燈子先輩は、やはり寂しそうに俺には見えた。

「でも哲也にも仲間はいるし、カレンさんに対しては『女の子にそこまで恥をかかせるなんて酷《ひど》い』って言う人が出てきてもおかしくない。だからそういう声を上げさせない程の『強い私達への共感』が欲しいの。その雰囲気作りを二人にはお願いしたい」

「わかっている。そのためにアタシはサークルに参加すればいいんだよな。幸い既にサークルのメンバーである何人かの女子とは仲がいいから、すぐにでも打ち解けられると思う」

「俺の方もオッケーっす。と言うか一〜二年生には根回しする必要もないですね。後は三年生にどう言うか。でも燈子先輩を裏切ったんなら、そこも問題ないかな」

「お願いするわ。私達はそれについては表立っては動けないから」

そうして燈子先輩は俺の方に顔を向けた。

「後は一色君。あなた自身の女子人気を上げる事が重要だから。それだけは覚えておいて」

打合せが終わって俺は石田と、燈子先輩は一美さんと、それぞれ二組に分かれて帰った。

帰りの電車の中でだ。石田が思い出したように話しかけて来た。

「やっぱ燈子先輩ってイイよな」

「ああ」俺は少し投げやりな感じで返事をした。

「あんな人が彼女だったら最高だよな」

「そうだな」

「なんで鴨倉先輩は浮気なんかしたんだろうか？　あんな美人でスタイル抜群で性格もイイ、非の打ちどころが無い彼女がいるのに？」

「俺が知るかよ、そんな事」

石田にはこうして手伝って貰《もら》って、とても感謝している。

それでも俺は、この話題には快い返事ができなかった。色んな事を思い出して、どうしても不機嫌な感じになってしまう。

だが……俺も石田と同じ疑問を感じてはいた。

容姿の度合いから言えば、顔もスタイルもカレンより燈子先輩の方が断然上だ。これは男女問わず十人が十人ともそう答えるだろう。それに燈子先輩は性格だってお淑《しと》やかで清《せい》楚《そ》で、しかも思いやりもある。鴨倉の浮気が確定した今となっても庇おうとする所が見える。

そんな最高の彼女がいる鴨倉が、カレンと浮気したのは本当に不思議だ。

もっとも以前に鴨倉が言っていた通り、男というのは常に色んな女に手を出したい生き物なので、『美人の彼女がいるから、他の女に手を出さない』という訳じゃないが。

「確かにカレンちゃんも可愛《かわい》いけどな。ウチのサークルでは可愛い子ベスト五に入るだろ」

俺は無言だった。確かにカレンは俺と付き合いだしてからも、一部の男子に人気がある。

「正直、夏休み前にオマエから『カレンちゃんと付き合う事になった』って聞いた時は、かなりうらやましかったよ」

「それがこんな形になると、俺としては真逆に気持ちがひっくり返るんだけどな」

「そうだよな。優としては辛《つら》い立場だよな。もう、少しは気分が晴れたのか？」

「ああ。燈子先輩のお陰で、だいぶ吹っ切れたよ。目が覚めたって感じかもな」

「そうか、それなら良かった」

石田が安心したように言う。

「いやさ、実は今まで鴨倉とカレンちゃんに、優が逆上して暴力を振るったりしないかなって、ちょっと心配していたんだ」

それを聞いて俺は苦笑した。石田はきっとそういう面でも俺を気遣って、色々と相談に乗ってくれていたのだろう。でも俺がそうならなかったのも燈子先輩のお陰かもしれない。

「ありがとう。でも大丈夫だよ。そんな事をしたら燈子先輩に軽蔑されるだけだしな」

「俺の想像以上に優が冷静で安心したよ。燈子先輩サマサマだな」

石田が俺の方を見た。

「前も言ったけど、これで燈子先輩とうまく行くといいな。俺は応援するよ。鴨倉のクズ先輩に一発ブチかましてやれよ」

六　燈子先輩「可愛い子化計画」？

その週の金曜日。今日もカレンと鴨倉《かもくら》は『浮気デート・デイ』らしい。

カレンから「金曜日は地元の友達と買い物して、そのまま遊びに行く」と連絡があったのだ。そして鴨倉の方も「金曜はバイト先でミーティングがあって、その後はみんなで軽く飲むから」と燈子《とうこ》先輩に言ったらしい。

鴨倉の場合は、燈子先輩だけでなく俺も高校が同じだから、ヘタに「地元の友達」とか言うと、どこからウソがバレるか解《わか》らないからな。

そう言いつつも、俺の方もこの日はちょっと浮かれていた。

というのも、今日は燈子先輩と一緒に『俺の服を買いに行く』約束をしていたからだ。

「Xデー」を決めた時の話だ。

「服装に無頓着な男子はけっこう多いけど、やっぱり清潔感はあった方がいい」

と燈子先輩が言ったのだ。

「服装の清潔感？　俺の服は親がほぼ毎日洗濯してくれていますけど」

「君が不潔な格好をしている訳じゃないわ。私の言い方が悪かったわね。『だらしない格好をしない』と言った方がいいかしら」

「だらしない格好？」

「大学の中を思い出してみて。例えばウチの理工学部、みんな着古した感じのトレーナーかフリース、それにチェックのシャツにジーンズ。そういう格好の人が多いでしょ？」

「はぁ」

かく言う今の俺も、上はフリースのパーカーと厚手の綿シャツ、下は高校時代から穿《は》いているジーンズだ。

「服装が『クタッ、ヨレッ』とした感じだと、それを着ている人も何となくショボく見えちゃうのよ」

まぁそれはそうだろうな。俺の周囲はそういうヤツが多いからあまり気にしなかったが。

「別に高い服じゃなくていいのよ。ウニシロとかZUくらいで、十分にシャキッとした清潔感のある服装になるわ」

でも俺はお洒落《しゃれ》には関心が無かったからなぁ。昔から割と親が買ってきた服を黙って着ていたし。いわんや服に金を掛けるくらいなら、自分の趣味に金を使いたい。

「でも俺はファッション・センスが全くないので、どんな服を買ったらいいのかわからないんですよ」

するとと燈子先輩は少しだけ考えた後、こう言った。

「いいわ。それじゃあ私が一緒に付き添ってあげる。この次、哲也《てつや》達が逢引《あいび》きする時に、私たちも一緒に買い物に行きましょう」


そんな訳で、俺は今日、燈子先輩と一緒に買い物に行く事になったのだ。

新宿駅東南改札口に着くと、待つほどもなく燈子先輩はやって来た。

「今日も君が先だね」

燈子先輩は俺の顔を見るとニコッと笑ってそう言った。

「いや、でも今日はほとんど待っていません。おそらく同じ電車だったんじゃないかな？」

今日の燈子先輩は、サーモンピンクのジャケットに白いモヘアの薄いセーター、下はサスペンダー付きのプリーツスカートだ。少し踵《かかと》のあるショート・ブーツを履いている。黒いオーバーニーソックスが燈子先輩のスラリとした脚の曲線美を浮き立たせていた。

そして周囲の男達の目が燈子先輩に集まるのが解る。

待ち合わせた俺は、誇らしいような、でも不釣合いで恥ずかしいような、複雑な気持ちになった。やっぱ男も服装って大事かもな。

俺達は新宿三丁目に近いカジュアル・ブランドの店「ＺＵ」に向かった。

店内に入ると、大量生産された衣類がズラッと並んでる。

「服を選ぶ時、この種類の多さに圧倒されちゃうんですよね。自分に何が合うか、どれを組み合わせればいいか、自分がいま持っている服と合うのはどれか？　って」

　すると燈子先輩は、店内に掛かっているモデルの写真パネルを指差した。

　モデルになっているのは有名な若手俳優で、デニム系のボトムと、グレーのジャケットを羽織っている。インナーは薄手の長袖Tシャツだ。

「あまり難しく考えないで、ああいう店で紹介されている商品を一揃《ひとそろ》い買えば間違いないわ。ああいうのは、プロが選んだものなんだから」

「そうなんですか？」

　でも俺でも知っているような有名モデルと同じ服装なんて、けっこうハードルが高いんだが。

「一色《いっしき》君は身長は普通だけど細身だからね。大抵の服は似合うと思うわよ」

　そう言って先ほどの写真モデルの服装と同じ商品を取り出し、俺の身体《からだ》に当ててみてくれる。

「モノトーン系はこれでいいかな？　あとはもう少しカジュアルで明るい感じもあった方がいいね」

　そう言ってベージュのコットン・パンツ、同色のデニム生地のジャケット、それにモスグリーンのベストタイプのパーカーを選んでくれた。

「とりあえず着てみて。サイズが合わなかったら交換するから」

言われるがまま、フィッティング・ルームで選んでもらった服を試着してみる。

一着着る毎《ごと》に、外で待っている燈子先輩に見てもらう。

「うん、いいわね。よく似合っているわ」

彼女は満足そうに言った。

近くにいた男女が俺たちを見ている。もしかしてカップルと思われたんだろうか？

気恥ずかしいがこうして女の子と一緒に服選びって、案外楽しいかもしれない。

最後にもう一式、細身のジーンズと濃いグリーンのセーターを購入し、全部で三セットの服を購入した。

ズボンの裾直しを待っている間、俺と燈子先輩は近くのコーヒーショップに入る。

頼んだカフェラテを飲みながら、燈子先輩が言った。

「最初の内は、だいたい買った時のセットで着ていればいいんじゃない。それで徐々にそれに合う服を買い足していけば。ボトムが同じでも、上が違うだけで随分と印象は違うからね」

「はぁ」俺は曖昧に返事した。

「あと服装に自信が無い内は、柄物は避けた方がいいかも。自分はイイと思っても、他の人は合わないと思うかもしれないから。それから古着は止《や》めた方がいいかもね。古着を見極めるのって難しいから」

「なるほど」って言うか、それくらいしか俺には返せる言葉がない。

「それと重要な点だけど、いくら服装が良くても姿勢や歩き方が悪かったら台無しなの。だからこの二点には気をつけて。まず猫背はダメ。特に理系の男子はパソコンに向かう事が多いせいか、背中が丸まっている人が多いから。常に背筋はピンと、ちょうど頭の上から糸で引っ張られているイメージで。歩き方については、また今度、時間がある時にゆっくり説明するね」

　それらの助言を頭に入れていく内に、一つの疑問が湧いて来た。

……燈子先輩、なんでこんなにファッションに詳しいんだろう。それも単純に流行を追ったお洒落じゃなくて、俺みたいな普通の男向けの服装にも、自信を持って助言してくれる。ましてや姿勢や歩き方まで。何か根拠でもあるんだろうか……？

「燈子先輩は、どうしてそんなにファッションに詳しいんですか？」

　彼女は一瞬、ギョッとしたような顔をした。

「え、だってそれはホラ、私は女だから」

「でもいま選んでいるのは男の服ですよね？　それに流行のファッションじゃなくて、普通の男子が適度に見栄え良く見える服を選んでくれる。しかもそのチョイスには自信みたいなものを感じるんです。それに服装を良く見せるために、姿勢や歩き方まで指摘するなんて。何か根拠があるような……」

すると燈子先輩は俺から視線を逸《そ》らした。しばらく下を向いている。

やがて顔を上げると、諦めたような感じでこう言った。

「実は私、みんなに内緒でファッション雑誌の読者モデルをやっていたの。それで男女問わず、色んなファッションについて話を聞く機会が多かったの」

「読者モデル、ですか？」

俺はそう聞き返したが、さほど驚かなかった。

燈子先輩の容姿とスタイルなら、十分にモデルとしても通用するからだ。

「うん。高校時代に新宿でスカウトされて。モデルの仕事を初めてやったのは、大学に合格してからなんだけど。最初は断ったんだけどスカウトの人も熱心で、後で調べたら事務所もちゃんとした所だったから。あ、一応事務所にも入っていたのよ。それで『女の子らしい可愛《かわい》い服が着られるなら、それもいいかな』って思って」

「それで服のコーディネイトだけじゃなくて、歩き方まで教えてくれるんですか。どれくらいやっていたんですか？」

「去年一年だけだよ。『SAKURAKO』って名前でいくつかの雑誌に出てた」

「今はやってない、って事ですか？」

「うん。思っていたより名前が売れちゃった事で、普通の学生生活が送れなくなる事が嫌だったから。それに春くらいから事務所の人に『グラビア・モデルもやってみないか』って言われちゃって。私、そこまでする気は無かったから」

確かに燈子先輩なら、グラビア・モデルとしても十分に通用するスタイルを持っている。女子から見れば憧れの、男から見れば理想のスタイルだ。

「お願いだから、みんなには言わないでよ。私、ずっと秘密にして来たんだから」

燈子先輩は俺に哀願するような目で言った。

「大丈夫です、誰にも言いませんから」

そこで俺はまた不思議に思った。

「ファッション・モデルをやったくらいなら、俺なんかに頼まなくても、可愛い女の子は一杯いたし、そういう服装もやったんじゃないですか？」

しかし燈子先輩は首を左右に振る。

「私はどっちかと言うと、シックな感じのファッションを担当させられる事が多かったの。だから『女の子、女の子』したファッションには縁が無くって。それに私が知りたいのは『服装が可愛い女の子』じゃなくて、『男子から見て、可愛い・守ってあげたいと思うような女の子』全般についてだから」

なるほど、美人だからって全てが上手《うま》く行く訳でもないのか。

小一時間ほど待って俺たちは再びZUに戻り、購入した衣服を受け取って帰路についた。

電車の中で俺は燈子先輩に礼を言った。

「今日はありがとうございました。お陰で『自信がある勝負服』が三セットも出来ましたから」

なにしろ燈子先輩に選んでもらった服だ。間違いない。

「こちらこそ。私も男の子の服を選んであげるなんて初めてだったから。けっこう楽しかったよ。それに一色君に自信が出来たんなら良かったよ」

そう明るい笑顔で返してくれる。それを見て、俺は何か癒《いや》されるのを感じた。

「また今度、時間がある時に冬服も一緒に選んでもらえますか？」

「いいわよ。Xデーは冬だし、その時用にバッチリ決めないとならないもんね」

そう言った後、俺に小さく指を突きつける。

「その前に『私への報酬』、忘れないでよ」

「大丈夫です。いま考えを纏《まと》めている所です」

「いつ頃、見せて貰えるかしら？」

「う〜ん、俺だけだとサンプルが足りないから、もう少し他のヤツの話も聞きたいと思っているんですけど」

「ちょっと、あんまり話を広げないで。私が知りたいってバレたら恥ずかしいじゃない！」

「あ、すみません。そうですね、でも俺だけの意見じゃなぁ」

「いいから、一色君の好みだけでいいから。早く教えてよ」

「わかりました。じゃあ週明けの月曜くらいには」

「まったく、私が釘刺《くぎさ》さなかったら、『ネットで意見を募る』とか言い出しそうなんだから！」

俺は苦笑いした。実際、半分くらい「そうしようかな」と思っていたからだ。


俺はその週末の土日とかけて、燈子先輩に頼まれた『可愛い女の子』について考えていた。今もベッドに横になりながら、その事を考えている。

……『可愛い女の子』か。やっぱり美少女で、優しくて、普段はシッカリしてるんだけどたまにドジな所もあって……

そんな風に考えている内に、なぜか自然と燈子先輩の事が頭に浮かんできていた。

美人で、清楚《せいそ》で、お淑《しと》やかで、でも俺が辛《つら》い時には慰めてくれる優しさもあって、そして先週は彼氏の浮気を見て泣いていた女の子で……

いやいや、違う。

その燈子先輩から『可愛い女の子とはどういうものか？』を聞かれているんだろ？

それに『アナタです』って答えてどうするんだ？

……え〜と他には……料理が上手で家庭的で、俺にたまに甘えてくれて、でも甘えさせてくれて。他の男には冷たいんだけど、俺にだけちょっとHな女の子……

また無意識に燈子先輩を想像してしまう。

燈子先輩がエプロン姿で俺に料理を作ってくれる。

笑顔で俺に「今日のビーフシチュー、会心の出来よ」とか言ってくれちゃったりして……

食事の後は、燈子先輩と一緒にソファーでテレビを見たりして。

俺が燈子先輩の肩に手を回すと、彼女は俺の胸に猫みたいに丸まってくっついて来たり
……それで俺の耳元でそっと囁《ささや》いてくれる。

「大好きだよ、一色くん……」

って何を考えてんだ、俺！　こんな事、燈子先輩に言える訳ないだろ！

そもそもコレって全部、俺の願望じゃないか！

……ベッドの上で考えているから悪いのかも……

そう思った俺は起き上がると、机の上のノートPCの電源を入れた。

……一色優《ゆう》、『可愛い女の子』の定義について、五〇文字以内でまとめよ……

そう頭の中で自分に命令する。エディタを立ち上げて、その条件を列記した。

『可愛い子・やっぱり美少女で優しい。普段はクールだけど実は弱い面もある。そんな弱い面を俺にだけ見せてくれて……』

ってやっぱりコレ、燈子先輩に結びついちゃうじゃんかよぉ～！

ダメだ、今の俺の頭の中って、女に関しては燈子先輩で占められているんじゃないか？

そんな時だ。スマホのバイブが振動した。見ると石田《いしだ》からSNSメッセージだ。

＞（石田）優、今日はヒマ？

＞（優）ちょっと考える事があるけど、別に大丈夫。

＞（石田）じゃあ今から買い物に行くけど、一緒に行かないか？

＞（優）ん～、まぁいいけど、どこまで買い物に行くんだ⁇

＞（石田）渋谷！

＞（優）ゲッ、マジかよ。遠くないか？

＞（石田）渋谷の古着屋でいい革ジャンが出たんだよ。本物の米軍パイロットの革ジャンでさ。見つかった時に買わないと、次はいつ出会えるかわからないんだ。

う～ん、渋谷まで出て行くのは正直面倒臭いけど、石田には『カレンと鴨倉先輩の浮気の件』なんかで色々と付き合って貰《もら》っているからな。

＞（優）わかった。行くよ。

＞（石田）サンキュー。じゃあ十二時にJR幕張駅の改札で。

＞（優）もうすぐだな。了解、いまから準備して家を出るよ。

俺はスマホを閉じると、さっそくチャリンコに乗って、JR幕張《まくはり》駅に向かった。

俺の家は国道から海側に入った一軒家。石田の家は国道により近いマンションだ。駅まではどちらの家からも自転車で十分ちょっとだ。

駅で石田と落ち合った俺たちは、一時間ちょっとかけて渋谷に向かう。そうしてセンター街の裏側にある古着ショップで、石田は狙いを付けていた革ジャンを購入した。

石田もお洒落《しゃれ》に気を遣うタイプではないが、自分の好みのものについてはうるさい方だ。

俺は石田が買い物をしている間もずっと、燈子先輩に言われた『宿題』について考えていた。

買い物が終わった俺たちはファミレスに入った。

テーブルに座ると、石田が俺の顔を見て訝《いぶか》しげな顔をする。

「優、何かあったのか？　今日は一日中、難しい顔しているぞ」

「ん、そうか？　いや、ちょっとな」

「何だよ、気になるな。話せよ。もしかしてカレンちゃんの事か？」

「いや、そんな事じゃないよ。そもそもそんなに深刻な話じゃないし」

「じゃあ言えよ。深刻な話じゃないんだろ？　俺も一緒に考えてやるよ」

そうだな、俺一人じゃ考えがまとまらない。石田の意見も聞いた方がいいかもしれない。

「石田は『可愛い女の子』の条件って、何だと思う？」

「可愛い女の子の条件？」

石田は不思議そうな顔をして、聞き返した。

「そう、それを昨日から考えていてさ」

「う〜ん」石田は腕組みをして考え始めた。

「まぁやっぱり美少女だろうな。それに『学校一』とか『憧れの』って形容詞が付くとベストかな」

……憧れの美少女、燈子先輩じゃん……

「あとやっぱ巨乳がイイよな。細身で巨乳だと、それだけでグッと来るじゃん」

……細身で巨乳。燈子先輩だよな……

「あとツンデレ・クーデレって言うのもソソルだろ」

……燈子先輩ってツンデレ・クーデレ系に入るよな。デレ要素が少ないけど……

「金髪、ツインテールって萌《も》えるよな」

……燈子先輩は黒髪ロングだけど、目鼻立ちがハッキリしているから金髪も似合いそうだな。ツインテールもいいかも……

「バンドやっている女の子ってのもイイよなぁ」

……燈子先輩ならイメージ的にバイオリンとかサックスって感じだけど。あ、バンドにサックスも有りか……

「幼なじみとか、血の繋《つな》がらない姉妹って、シチュエーション的に盛り上がるっていうか」

……？　確かにそれはいいかもしれないけど？　……でも燈子先輩がいきなり『義理のお姉さんになりました』って言って、同じ家に暮らしていたら嬉《うれ》しいかも……！

「獣耳《ケモミミ》いいよなぁ。特にネコ耳とキツネ耳」

……⁇　獣耳がいい⁇　……あ、でも確かに燈子先輩のネコ耳とか可愛《かわい》いだろうな……

「魔法少女も捨てがたいだろ。露出の高い衣装でさ」

……？？？　魔法少女だ？　それって最早《もはや》コスプレの世界じゃ……？？？

「おい、石田。おまえ、何の話をしている？」

石田は夢から現実に引き戻されたような顔をした。

「え？　『可愛い女の子の条件』についてだろ？　アニメかマンガの」

……オマエに聞いた俺がバカだった……

俺は軽く額を押さえた。もっとも石田の妄想に、俺も燈子先輩を登場させるというバカ想像の上乗りをしていたが。

「おまえさ、現実に魔法少女だの獣耳の女がいたら、ソイツと付き合えるのか？」

「俺は付き合えるぜ。俺の愛に差別はない！　魔法少女だろうが、獣人娘だろうが、オールオッケーだ！」

石田は自信を持って言い切った。

もういいや。他人に頼らず自分の力だけでこの問題は乗り切ろう。最後に俺は言った。

「別にオマエの好みにケチつける気はないけどさ、『妹属性』は止《や》めた方がいいぞ。リアル妹の明華《めいか》ちゃんに知られたら、気持ち悪がられるぞ」

そういう妄想は一人っ子の俺か、男兄弟のヤツだけに許されるのだ。

「お～、そう言えば明華がな、優の事を心配していたぞ」

急に話題が変わった。そう言えばコイツは以前に、明華ちゃんに『カレンと鴨倉の浮気』の事を聞かれたって言ってたんだよな。

俺は明華ちゃんの顔を思い出した。俺たちより二歳年下で、たまに石田にくっついて来て一緒に遊んだ事がある。兄の石田はゴツい系の顔をしているが、明華ちゃんはかなり可愛らしい女の子だ。兄弟がいない俺にとっては羨ましい存在だ。

「そうか。明華ちゃんには『俺は大丈夫。ありがとう』って伝えておいてくれ」

「わかった。でも明華はオマエの事を色々と知りたがってな。ウルサイんだよ」

「そういう話に興味を持つ年頃なんだろ」

だが石田は首を左右に振った。

「いや、多分違うな。明華は優に気があるんだよ。話の感じからわかる」

俺はその言葉に驚いて顔をあげた。また石田が冗談を言っているのかと思ったが、真面目な顔だ。石田が言葉を続けた。

「前からそんな雰囲気はあったんだ。明華は優が来る時は、けっこう身なりとかに気を使っていたしな。普段はやらない部屋の掃除とかもしていた。だけど今回の事でハッキリしたよ。アイツはオマエが好きなんだ」

突然、親友からそんな話を聞かされても、どう反応したらいいか解《わか》らない。

俺が戸惑っていると石田の方が先に答えを出した。

「もっとも今の優は、明華に構っている所じゃないよな。まずは鴨倉とカレンちゃんに報復しなきゃ。そして『最後の時』には燈子先輩を奪っちまえ！」

俺は黙って頷《うなず》いた。でも俺は、その計画の何パーセントまで進んでいるんだろう？

自分では全く進んでいる自信が無いのだが。


ファミレスを出た俺たちは、ＭＥＧＡダンケに向かった。掘り出しモノがないか適当に見て歩く。今すぐ必要って物はないが、「こんなモノがあるのか」と見て回るのは楽しい。

店内をグルッと回って、店を出ようとした時だ。

俺たちの二メートルほど先を、人ゴミに紛れながら見覚えのある顔が二つ、通り過ぎて行った。鴨倉哲也とサークルの二年生の女子だ。

鴨倉は彼女の肩に手を回し、完全にアベックのような雰囲気で歩いている。

「おい、今のって……」

石田も気が付いたらしい。

「ああ、鴨倉先輩だろ」

「一緒に居たのって、ウチのサークルの二年生の女子だよな、確か。広田瑠美《ひろたるみ》さんだっけ」

「そうだな。あんまりサークルには顔を出さない人だけど、間違いないだろ」

石田が俺を見た。

「優、ちょっと後をつけてみようぜ」

もはや既に『カレンと鴨倉の浮気現場』は押さえたので、そこまでする意味は無かったが、俺も二人の事が気になった。

「そうだな。見つからないように、無理しない範囲で少しつけてみるか？」

しかし俺たちはそこからしばらく行った東急本店の前の交差点で、鴨倉たちを見失った。

だが二人が向かった先は円山町《まるやまちょう》、渋谷ではラブホテルが多く集まる所だ。

「優、コッチってラブホテルが多くある所だよな」

「そうだな、ラブホテル街だ」

「あのヤロー、カレンちゃんだけじゃなく、他の女子にも手を出していたのか。サークル内で三又かよ」

「一緒にいた女性はほとんどサークルに出てこない人だろ。鴨倉先輩が燈子先輩と付き合っている事は知らないのかもな。当然、カレンとの事も」

「で、それをいい事に、チャラ鴨はヤリタイ放題って訳か……」

石田が吐き捨てるように言う。

……この調子じゃ他にも何人か、鴨倉の毒牙にかかった子がいるのかもな……

「優、あんなヤツに負けるなよ。マジでアイツには誰かが一発カマしてやらないとダメだ」

石田のそのセリフを、俺は怒りを内に秘めたまま聞いていた。

七　キツネとタヌキの化かし合い

翌日、月曜日。俺と燈子《とうこ》先輩は、今までとは違って御茶ノ水の喫茶店に居た。

もちろん今後の計画について話し合うためだ。学園祭直前なので授業も早く終わった。

ちなみに鴨倉《かもくら》とカレンは、今日も逢引《あいび》きしているらしい。

まったくカレンのヤツ、今は俺と会うより鴨倉と会っている方が多いんじゃないか？

最近では俺と会うのは週一ペースだが、鴨倉とは週に一〜二回は会っているようだ。

まぁあの二人が浮気真っ最中と解れば、こっちも安心して燈子先輩と話し合う事ができるから、その点では好都合なのだが。


「二人が旅行に行く日程がわかったわ」

席に着いた燈子先輩は、顔を近づけると声を潜めて言った。

「十一月の六日から七日にかけて。一泊二日で出かけるみたい」

「学園祭の期間ですね」

予想通りだ。この前後一週間は授業がないから、気兼ねなく遊びにいける。

「しかしサークルで模擬店出すって言っているのに、よく二人で旅行に行く気になれますね。サークルのみんなが噂《うわさ》しそうですが」

「哲也《てつや》はもう三年だからね。三年生は学園祭に来ない人も多いのよ。カレンさんだって二日間程度なら『具合が悪い』って言えば、そんなに不自然じゃないでしょう」

そんなもんなのか？　学園祭は大学生活の中でも大きなイベントかと思っていたが。

「それで重要なのはここから。私は既に哲也に『旅行に行ってもいいよ』って言ってある。だから近い内にカレンさんから君に連絡があるはず。その時に君も『旅行に行ってもいい』と優しく言うのよ。絶対に咎《とが》めるような事を言わないで。もちろん疑うような発言も無しね」

「大丈夫、わかってます」

「それで私が旅行の前日になったら、哲也に『旅行に行っちゃダメ！』って言うわ。おそらくそれで哲也は旅行をキャンセルするはず」

……ふむふむ……

「するとドタキャンされたカレンさんは、君に連絡すると思うの。『友達がドタキャンしたせいで旅行がキャンセルになった』ってね」

「浮気旅行がキャンセルになって、そんなすぐに俺に連絡しますかね？」

俺が疑問を口にすると、燈子先輩は自信ありげに答えた。

「私の予想だと七割の確率で連絡が来るわ。君に不満を聞いて貰《もら》いたいのと、哲也への腹いせでね。カレンさんは哲也が自分を優先しなかった事に、相当な不満を持つはず。そこで自分を常に優先してくれる彼氏の声を聞いて安心したいのと、自分を慰めて欲しいと思うんじゃないかしら」

……ずいぶんとナメられてるなぁ、俺……

「それでカレンさんから連絡が来たら、優しく慰めてあげて欲しいの。もし来たのがメッセージだけだとしても、君から電話をして優しい声を掛けてあげて。そうすれば彼女は『やっぱりイザって時に、自分を一番に考えてくれるのは一色《いっしき》君だ』って思えるでしょ」

「なんか都合のいい男っすね、俺」

「仕方が無いわ。カレンさんが浮気をしているっていう事は『君以上に浮気相手が好き』か『常に複数の男性に愛されていないと気が済まない』かの、どちらかでしかないんだから」

俺が押し黙ってしまうと、燈子先輩は先を続けた。

「でもそれでいいのよ。カレンさんが『やっぱり一色君が一番!』って思えれば。彼女に『どんな事があっても、一色君の元には帰れる』って絶対的な安心感を与えるの」

「絶対的な安心感?」

「そう。そして最後の瞬間に、それが崩れ去るとしたら?」

なるほど、自分の言いなりになる『最後の砦《とりで》』『命綱』的な存在が消え去ってしまう。

それはカレンにとってかなりショッキングな事実だろう。

「いい？　ともかく今は『カレンさんを惚《ほ》れさせる事』に集中して。君は『カレンさんの保護者』になるくらいのつもりでいなきゃ」

……保護者ね、マジっすか……

これで燈子先輩の言う通りだったら、俺はマジでカレンを腹の底から軽蔑するだろうな。

同時にそんな女と付き合って浮かれていた過去の自分を殴りつけてやりたい。

ふと気が付くと、燈子先輩がジッと俺を見ている。何か言いたそうな表情だ。

俺は「？？？」という状態でしばらく黙っていると、やっと口を開いてくれた。

「次は……君の番……」

「俺の番……ですか？」

え、俺から何か作戦を出す話ってあったっけ？

「ホラ、約束したでしょ。私への報酬……」

あ、その話か？　鴨倉とカレンへの報復計画の話をしていたから、すぐに結びつかなかった。

でも……満足に話せる事は無いんだよなぁ。

「あ、はい。『可愛《かわい》い女の子』について、ですよね」

燈子先輩はコクンと首を縦に振った。その目にはある種の期待感が浮かんでいた。

……さて、何から話そう……

やっぱりこういう場合、『女性の内面的な部分』を言う方が好感度が高いよな。

「そうですね。やっぱり『優しい』女性ですね」

燈子先輩は何も言わずに、俺を見ている。

「あと自分を持っていると言うか、芯がしっかりしていると言うか」

やはり燈子先輩は何も言わずに、俺を見ている。

「でもたまには甘えてくれると嬉《うれ》しいかなって。ツンデレとかクーデレってヤツですね」

まだ燈子先輩は何も言わずに、俺を見ている。

あれ、目の光が薄らいだような……

「お淑《しと》やかとか、そういう感じいいですよね」

な、なんか沈黙が怖いんですけど。

「やっぱり家庭的な女性って癒《いや》されますよね」

ヤバイ、もう言う事が尽きてきた。

「あ、あと大切な条件で『浮気しない』」

「それは当然でしょ」

燈子先輩はボソッとそう言った。

ヤベッ、なんかムッとしてないか？

後は思いつくのって、石田《いしだ》が言っていた外見とか容姿に関する事しかないんだよな。

でもこのまま何も言わないよりマシか？

「見た目はやっぱり美人の方がいいですよね」

燈子先輩の視線の温度が下がったような……

「あとやっぱり胸が大きいって、男にとって憧れかも」

燈子先輩が胸を隠すように腕組みした。

マズイ、これは地雷だったか？

「髪型も印象に残るかもしれませんね。金髪ツインテールとか……」

燈子先輩がジト目で俺を見ている。俺はその視線に冷たいものを感じた。

だがその目がふっと和らいだ。

「ありがとう。それが一色君の思う『可愛い女の子』なんだね」

燈子先輩が優しい笑顔、そして優しい口調でそう言った。

だけどその表情の裏には失望が見え隠れする。

「そうだね。男子が一般的に思い描く『可愛い女の子』ってそんな感じだよね」

優しい、だけど諦めたような口調が俺の胸に突き刺さった。

どうやら俺は完全に間違えたらしい。

燈子先輩が求めていた答えは、そんな『男なら誰でも思いつくような意見』ではないのだ。

表面的な可愛さなら、そういう雑誌を見ればいくらでも例はある。

可愛い女の子の仕草だって、カレンのように『アイドル的なあざとい態度』を真似《まね》すればいいのだ。わざわざ他人に聞くまでもない。

だけど……『燈子先輩の求める可愛さ』ってかなり難しい事じゃないか？

内面を見たその人だけの可愛さなんて。

『可愛い』の定義なんて人それぞれだ。

同じ仕草だって、ある人がやれば可愛くても、別の人がやればムカつくだけかもしれない。

俺だって『可愛い女の子』について一生懸命に考えた。

だけど今の俺が考える『可愛い子』って、全部燈子先輩に結びついてしまうような気がしたんだ。だから一般的な男子が『可愛い』と思える要素を言うしかなかったんだ。

俺は自分の中で、そう自分に言い訳していた。

しかし俺が燈子先輩の期待に応えられなかったのは間違いない。

このままでは引き下がれない。

「待って下さい。俺も『可愛い子の条件』について、一般的な事を言うだけで、自分の考えを語る事が出来ていませんでした」

燈子先輩が再び俺を見つめた。

「もう一度、チャンスを貰えませんか？　俺なりに、自分の頭で考えた『可愛い女の子の条件』を自分の言葉で伝えます。その上で、その回答に燈子先輩が納得できないと言うなら仕方がありません」

「そんな、無理しなくてもいいのよ。私自身も明確な答えなんて持ってないんだし、それが一色君の意見なら……」

「いえ、お願いします。もう一度だけ挑戦させてください」

俺はそう静かに、だが強い調子でお願いした。

燈子先輩が小さくタメ息をつく。なんだろう、それが安堵《あんど》したかのように思えた。

「わかった。それじゃあ改めてお願いするわね。今回は私も時間を急ぎすぎた気もするしね。もう一度、君なりに考えてみて」

「わかりました。次こそ俺なりの答えを持ってきます」

俺はその言葉に決意を込めた。

燈子先輩は口にしないが、彼女は俺に何かを期待しているのだ。

そしてその回答に満足するかしないかが、この先の俺と燈子先輩の関係に重大な影響を及ぼすような気がする。

だとしたら、俺は何が何でも、この問いに正解を出さねばならない。

燈子先輩から『浮気旅行の日程』について聞いたその夜、さっそくカレンからメッセージが入った。

＞（カレン）この前に話した友達と旅行に行く話だけど、十一月の六日から七日に決まったから。

＞（優《ゆう》）そうなんだ？　いってらっしゃい。

俺はそれだけを返信した。燈子先輩に「誰と行くのか、どこに行くのかなど、コッチからは聞かないように」と言われていたからだ。彼女が言うには……

「浮気旅行なら『どこに行くか』を聞かれるだけで、相手に怪しまれているのかと警戒する。その警戒心が『なんか面倒臭い』という気持ちになって、カレンの気持ちを遠ざけてしまう」

らしいのだ。

同様に「おみやげを頼む事もNG」と言われている。浮気カップルが周囲にバレるのは、おみやげが原因になる事も多いらしい。そりゃ二人が同時期に姿を消して、同じ場所のおみやげを持って来れば、みんな気付くわな。

そういう心理的負担を無くし、相手に警戒心を与えず、さらには気持ちが離れる要素を一つでも減らす事が大切なのだ。

＞（カレン）優くんも、どこか遊びに行けばいいのに。せっかく長期に大学が休みなんだから。石田くんとでも旅行に行けばいいじゃん。

俺も遊びに行った方が、心理的に罪悪感が軽くなるのか？

それとも「俺がどこに行くか把握しておきたい」のか？

＞（優）俺は大学の学園祭に行くからいいよ。サークルの模擬店もあるしさ。

＞（カレン）学園祭なんて、大したことやってないでしょ。模擬店だって他のみんなが居るんだしさ。そんなにたくさん人が居ても、邪魔になるんじゃない？

コイツはなぜ、俺が学園祭に行くのを嫌がっているんだろう。

鴨倉が同時期に居ない事で、俺に怪しまれるのを避けたいのか？

逆にこう言う事で、俺が学園祭に居る事を確認しておきたいのか？

＞（優）そうかもしれないけどな。でも大学に入って最初の学園祭だろ？　やっぱり雰囲気を味わいたいじゃん。

しばらくの間があった後、カレンからの返信が届く。

＞（カレン）わかった。じゃあカレンの分も楽しんで来て。後で学園祭の感想だけ教えてね。

コイツ、あくまで俺の行動を把握する気だったたな。

それで学園祭にどのくらい居たか、確認するつもりだろう。

この調子だと自分の友達にも、俺が学園祭で何をしていたか、あとで聞くんだろうな。

だがこれがカレンの警戒心の表われだとすると、俺は何かヘマをしたんだろうか？

カレンから見て、『俺が二人の浮気を怪しんでる』という事に気が付いたとか？

＞（優）オッケー。カレンの方こそゆっくり楽しんで来いよ。

＞（カレン）うん、ありがとう。それじゃあ、またね。

＞（優）またね。

そうして俺は、カレンとのメッセージを閉じた。


それから学園祭までの一週間、俺と燈子先輩は何も気付かないフリをして、静かにカレンと鴨倉を見守っていた。「カレンが何か感づいたか？」と心配したが、それも特に問題なかったようだ。

二人は「これから旅行に行く」という事で気分が盛り上がっているのか、月曜と木曜だけではなく、土曜日にも会っていた。

その間、俺と燈子先輩は直接の接触は控えていた。燈子先輩が「今はあまり動かない方がいい。二人を安心させ、旅行への期待感を高めさせる事が必要」と言うためだ。ただし連絡だけは取り合うようにしていた。それも予《あらかじ》め決めた日時にだ。

それ以外の時間は、俺はカレンと、燈子先輩は鴨倉と一緒にいる可能性もあるので、不用意に連絡しないと決めていたのだ。

だが俺は……既に『カレンが鴨倉と会っている事』よりも『燈子先輩が鴨倉と会ってい

る事』の方が気になるようになっていた。

十一月五日。この日は学園祭の学内公開の日だ。十一月六日から外部にも公開される。明日はいよいよ『カレンと鴨倉が浮気旅行に行く日』だ。

そして計画通りなら、そろそろ……

スマホが振動した。燈子先輩からだ。

＞（燈子）計画通りTの旅行キャンセルに成功。

＞（優）わかりました。Kから反応があったら、また連絡します。

＞（燈子）Tは少し前に私に隠れて、Kに旅行キャンセルの連絡をしたみたい。おそらく、もうすぐKから連絡があるんじゃないかな？

＞（優）そんなにすぐ来ますかね？　直前まで他の男との浮気旅行に行く予定だったんですよ。俺だったら躊躇《ちゅうちょ》しますが。

＞（燈子）たぶん来るわ。ここは私のカンを信じて。それからくれぐれも言っておくけど、Kに冷たく当たってはダメだからね。腹が立つのはわかるけど、そこはグッと抑えて。あくまで優しく、彼女の気持ちに寄り添って話を聞いてあげるのよ。彼女に『絶対的安心感』を与えるように。

＞（優）わかりました。

そう返信をした直後だった。スマホに電話の着信が来た。

……燈子先輩の予想通りだったな……

俺はそう思いながら、電話を受けた。

「もしもし」

「もしもし、優くん？」

「ああ、どうしたの？」

「聞いて、ヒドイの！　明日の旅行、今日になって急にキャンセルだって言うの！」

……酷《ひど》い女が酷い事をしようとして、それがキャンセルになったのが『ヒドイ』のか？

俺は呆《あき》れかえりながら聞いていた。

「そうなんだ？　せっかく楽しみにしていた旅行なのに、突然キャンセルは酷いね」

俺はまったく気持ちが入らない言葉でそう言った。

「そうでしょ？　ひどい、酷いよね？　すごい楽しみにしていたのに、今日になってドタキャンなんて」

電話越しのせいか、俺の心のこもらないセリフでも今のカレンには気にならないようだ。

でも燈子先輩に言われているからな。ここはカレンの気持ちに寄り添って、と。

「そうなんだ。可哀《かわい》そうだね、カレン」

あ、ヤベェ、全然心がこもってないぞ、このセリフ。

「ありがとう、優くん。カレン、悲しくなっちゃってさ、なんか涙が出てきちゃったの」

完全に『悲劇のヒロインモード』に入っているカレンには、俺の口先だけの慰めでも十分らしい。

「泣かないで。近くにいれば、俺が慰めてあげるんだけどね」

俺もずいぶんと役者になったなぁ。

「うん、カレン、優くんに会いたいよ。優くんなら、カレンにこんな酷い事しないよね？」

バータレ、てめぇは俺にどんだけ酷い事をしてると思ってんだ？

しかしここまで燈子先輩の筋書き通りとはな。

聞いていて思わず笑みが浮かんでしまった。

しかし口先だけは、カレンの優しい彼氏を演じ続ける。

「もちろんだよ。俺はいつもカレンの味方に決まっているだろ」

電話の向こうから「ううっ」というカレンの嗚咽《おえつ》が聞える。

だが『カレンが鴨倉のアパートに行った時』に聞いた燈子先輩の嗚咽に比べれば、ずいぶんと安っぽいものだ。同情心なんて微塵《みじん》も起きない。

「カレン、優くんが彼氏で良かったよ……」

お、これを言わせたって事は、俺への依存度もアップしたかな？

コッチはオマエが彼女で最悪だったけどな。

「旅行のキャンセル料とかは大丈夫か？　前日だと全額取られそうだけど」

話す事がないので、とりあえず相手を心配するような事を言ってみた。

するとしばらく沈黙が流れる。カレンの言葉が詰まったようだ。

「キャンセル料は大丈夫みたいだけど……車で行く予定だったし……」

あ、もしかしてマズイ所に突っ込んだかな？

この旅行の宿泊代は鴨倉が出していたのか、それとも宿が取れなくて手頃なラブホテルに泊まるつもりだったのか？

「そうなんだ。いや、それでカレンがキャンセル料を払うとしたら、可哀そうだなと思って」

とりあえずフォローしとくか。だがそれでカレンも満足したらしい。

「ありがとう、優くん。心配してくれて」

チョッレェ～。こいつ、マジでチョロイわ。

「それでさ、優くん。明日、会えない？」

「えっ？」俺は思わず素で驚きの声を上げた。

電話で声だけなら演技できるけど、面と向かってこの浮気女に優しい態度は無理だ。いま目の前でカレンにブリッ子を見せられたら、マジで顔面にパンチを入れたくなる。

つ～かさ、ついさっきまで他の男と浮気旅行に行こうとしていたんだろうが？

しかも俺の先輩っていう顔見知りのヤツと。それで電話してくるだけでも図太い神経だと思うのに、旅行がポシャッたからって俺と会いたいなんて、どんだけツラの皮が厚いんだよ。こういうのを厚顔無恥って言うんだろうな。

「ゴメン。俺もカレンに会いたいんだけどさ、明日はもう約束しちゃったんだよ」

とりあえずそう言っておいた。他の男とヤッたはずの時間に、それがドタキャンされたから代理で呼び出されるなんて真っ平だ。

「そう……」カレンは落ち込んだ様子で、そう言った。

「ゴメンな、カレン。また今度、時間作るから」

俺はそう言って電話を切った。

その後、俺はすぐに燈子先輩に電話を入れた。直接、事の経緯を話し合いたかったからだ。

「燈子先輩の言う通りでした。カレンのヤツ、すぐに俺に電話して来ましたよ！」

だが燈子先輩はあくまで冷静だ。

「そうね。おそらく彼女は自分の中で『可愛《かわい》い自分』のセルフ・イメージを持っているのよ。常に自分は『悲劇のヒロイン』なの。だから自分を助けてくれる、そして自分に共感してくれる人を求めているんでしょうね」

「でもそれを『浮気されている被害者』の俺に求めるのは図々《ずうずう》し過ぎませんか？」

「彼女にとっては『浮気をさせられている自分』が被害者なんじゃないかな？　『彼氏が自分をわかってくれない』『彼氏が自分を放っておいている』『私が求めるものを彼氏が与えてくれない』みたいな」

うーん、俺には理解できない感情だ。つかカレンがそう思っているならマジでムカつく。

「ところで燈子先輩は、鴨倉先輩にどう言って旅行をキャンセルさせたんですか？」

「簡単よ。『私も旅行に行きたい』って言ったの」

「それだけ？」

俺は啞然《あぜん》とした。もっと高度なテクニックを使ったのかと思っていたからだ。

「ええ。『どうしても二人で行きたい場所がある』って言ってね。二人だけでのんびり旅行できるなんて、この時期くらいしかないってダダを捏《こ》ねたの」

はぁ〜、女ってやっぱツエェなぁ。だが今の俺にとって問題はそこじゃない。

「それで、燈子先輩は鴨倉先輩と一緒に、旅行に行くんですか？」

だがそれは速攻で否定された。

「行かないわよ。ドタキャンするつもり。明日になったら『具合が悪くなった』って言ってね。他の女と浮気真っ最中の男なんかと、誰が旅行なんて行くもんですか！」

さすがの燈子先輩も、最後は吐き捨てるようにそう言った。

……良かった……

思わず俺はホッと胸を撫《な》で下ろす。

「俺もカレンに『明日会いたい』って言われたんですよ。だけど流石《さすが》に会う気になれなくて。『明日は約束がある』って言って、断っちゃいました」

すると燈子先輩は厳しい口調で言った。

「ダメよ。君はカレンさんに会いに行きなさい。そして優しく彼女を慰めてあげなくちゃ」

その言葉は俺にとって意外だった。

「え、だって燈子先輩は鴨倉先輩に会いたくないんでしょう？　俺だって同じですよ」

「私と君とじゃ状況が違うわ。私は現時点でも哲也に対して有効なカードを持っているけど、君はカレンさんにそこまで強い切り札は持ってないはず。だから君はもっとカレンさんの気持ちを惹《ひ》き付けねばならない。だから明日はカレンさんに会って、彼女の心をしっかりと受け止めてあげる必要があるの」

……有効なカード……？

俺はその言葉の意味が気になった。だが俺がそれを聞く前に、燈子先輩の言葉が続く。

「それに哲也が『私と旅行に行けない』となったら、再度カレンさんを誘い出すかもしれないでしょ？　それを避けるために、明日は君がカレンさんを確保しておかなきゃ！」

「わかりました。燈子先輩がそう言うなら……」

俺はそう答えたが、本心ではガックリ来ていた。

……燈子先輩は、俺とカレンが会っていても、何とも思わないのだろうか……

八　女子会潜入

燈子《とうこ》先輩との電話の後、俺はすぐにカレンに連絡した。

もちろん「翌日、カレンと会う約束をするため」だ。俺が、

「落ち込んでいるカレンを放っておけないから、友達との約束はキャンセルした」

と言ったら、カレンは自分が優先された事が相当に嬉《うれ》しかったらしく、電話で「嬉しい！」を連発していた。

翌日のデートも、久しぶりに愛想のいいカレンだった。

俺にピッタリとくっついている。手を繋《つな》いで歩くのも久しぶりだ。

学園祭にも行ってみた。サークルの模擬店に顔を出す。俺の当番は明日だが、少しだけ手伝う事にした。サークルの連中から、鴨倉《かもくら》の様子を聞きたかったからだ。

鴨倉は俺達が来る少し前に模擬店に顔を出し、「麻雀《マージャン》しないか？」と言って面子《メンツ》を探していたらしいが、誰も相手がいないと知ると、どこかに立ち去ったらしい。アイツも期待していた燈子先輩との旅行がなくなり、ヒマを持て余しているんだろう。いい気味だ。

それから一週間、カレンはまるで付き合った当初のように、俺にベッタリとくっついて来ていた。昼食も毎日のように一緒に食べたがる。それも学食でだ。

おそらく鴨倉に対して『俺と仲良くしている所を見せつけて嫉妬させたい』という考えなのだろう。俺としては石田《いしだ》や学部の友達と食事した方が気楽で楽しいのに、いい迷惑だ。

この間、俺と燈子先輩は直接顔は合わせていない。

カレンと鴨倉が会っている様子が無いためだ。だが連絡だけは毎日のように取っていた。

俺は現在のカレンの態度は、単なる『鴨倉へのアテツケ』だと思っている。だから時が来ればいずれ、また鴨倉との浮気を繰り返すだろう。

それについて、燈子先輩の意見も聞きたいと思っていたのだ。

「確かに、一色《いっしき》君の想像通りの可能性はあるわね」

燈子先輩は普段と変わらない調子でそう言った。

「ですよね。だから二人がいつから浮気を再開するか、それをチェックしたいと思って」

俺がそう答えると、その考えを押し留《とど》めるように燈子先輩は別の事を口にした。

「でも逆の可能性もあるんじゃない？」

「逆の可能性？」

「そう、『カレンさんは今までの事を反省して、君が一番大切な存在だと気が付いた』っていう可能性」

「そうですか？」

「遠目に見ていると、今の君達はすごく仲良くしているカップルに見えるわ」

「それは俺もカレンも、そう演じているからですよ。燈子先輩がそうしろって言ったんじゃないですか」

「それはそうだけど。ただ君にも、もう一度考えて欲しいの。『ここで本当に彼女を傷つけ、別れてしまう事が正解なのか』って事を」

……今さら何を言っているんだ。俺達は『浮気相手にいっそ死にたいと思うくらい、絶望と後悔を味わわせる』という事を決心したんじゃないのか……

そこで俺はふと思った。

……もしかして燈子先輩は、鴨倉とやり直したいと思っているんだろうか？　鴨倉も改心して態度を正し、それを燈子先輩も感じているとか……

俺は急に不安になった。

「それってどういう意味ですか？　燈子先輩がそういう風に思い直しているって事ですか？」

「そうじゃないわ。でもカレンさんの態度が変われば、君の気持ちも変わって当然でしょ？だからもう一度、君にとって一番いい選択は何か、見つめ直した方がいいと思うのよ。この先、計画を遂行してカレンさんと別れたら、もう二度と元には戻れないんだから」

「もう既に『元には戻れない所』まで来ていますよ。カレンが浮気した段階で！　俺は今さら、カレンと元のように付き合えません。今だって作戦遂行のために、無理してアイツと会っているんです」

そこで俺は一度言葉を切り、力を込めて次の台詞《せりふ》を吐いた。

「それにカレンは、きっとまた浮気しますよ」

すると電話の向こうで「ふぅ〜」という燈子先輩のタメ息が聞えた。

「君の決意がそこまで固いならいいわ。もう何も言わない。私も哲也《てつや》とやり直す気なんて、最初から無いしね。当初の計画通りに進めましょう。Xデーに向けて」

「はい、よろしくお願いします。それで次は何をしますか？」

「今の所、カレンさんの気持ちは、かなり一色君に戻って来ていると思うの。まずはそれを継続して」

「わかりました。でもカレンの気持ちがいま俺に向いているのは、鴨倉先輩へのアテツケに過ぎないと思います。また二人の浮気が復活したら、前と同じ事になると思うんですが？」

「だからここでもう一押しが必要よ」

「それは何ですか？」

「前に話したでしょ。『女子全体の好感度を上げる』っていうヤツ」

その話は前にも聞いている。だが一体どうすればいいのか、俺には見当も付かない。

「それって具体的には何をすればいいんですか？　全く思いつかないんですけど」

「そうね、君は確かに『以前に私が言った事』は守っていると思う。だけどまだ足らないわね。だからここは私がチャンスを作ってあげる」

「どうするんですか？」

「今度、私がサークルを含めて周囲の女子を集めるわ。口実は、そうね……『クリスマスやお正月、バレンタインなんかの冬イベントに向けて話し合い』みたいな感じで」

「はぁ」

「そこで一色君が偶然を装ってその場に来るの。そうして女子の輪の中に入って貰《もら》って、君の好感度を上げるのよ」

「そんなに上手《うま》く行きますか？　女子の会話に男が入るってだけでも、嫌がられそうに思うんですが？」

「その前に私が『男子の意見も聞きたい』みたいに前フリをしておくわ。そうすれば、そこに君が偶然通りかかれば、話の中に入っても不自然じゃないでしょう？」

「まぁ、それなら。でも俺はそんな女子に好まれそうな話題は持ってませんけど」

「じゃあ私が今から言うアプリについて調べておいて。『スマホの自撮り用カメラアプリ』」

燈子先輩は、何種類か自撮り用カメラアプリの名前を挙げた。

「これらのカメラアプリの長所短所、それから有料か無料か、どういう特徴があるか。それを女子にわかりやすく解説してあげれば、けっこうポイントが高いと思うわ」

「なるほど」

確かに、女性はSNSにアップする写真には、かなり気を使うらしい。

少しでも可愛《かわい》く撮れるアプリについて、その情報は知りたいだろう。

「その流れで君は『プログラミングが得意』だってアピールしてみて。実際、私たちは情報工学科だし、君は以前に『Java と Python はけっこう出来る』って私に言っていたわよね？」

それは確かに言った。と言うのも『情報工学科二年でトップの成績である燈子先輩』と、少しでも肩を並べられそうな事と言ったら、俺にはそれくらいしか無かったからだ。

「今は文系学部でもプログラミングの授業があるでしょ。それで女子はけっこうその課題に苦労している子が多いのよ。今までそういう子に頼まれて、私がプログラムを作ってあげていたんだけど、それを君に代わりにやって欲しいの。これだけでもけっこう女子の評判は良くなると思うわ。その後も継続的に、他の女子とも交流できるしね」

なるほど、それなら俺にも少しは出来そうだ。

「元々、一色君は女子の人気は悪くないわ。入学当初も私の周囲で『けっこう可愛い系のイケメン』だって言っている子がいたから」

「本当ですか？」思わず顔の筋肉が緩みそうだ。

「本当よ。そうでなければあのカレンさんが、付き合う相手には選ばないと思うけど」

女子から見た評価というのは俺にはよく解《わか》らないが、燈子先輩がそう言ってくれているんだから、きっとそうなのだろう。だが俺はここで一つの事を思い出した。

「でもその作戦、マズくないですか？」

「どうして？」

「だって俺と燈子先輩がツルんでいる事が、他の人にも知られちゃうって事ですよね。そうしたら、カレンや鴨倉先輩の耳に入るんじゃないですか？」

だが燈子先輩は余裕ありげに答えた。

「その点も考えてあるわ。一美《かずみ》に君を呼んでもらうの。だから私とは『単なる同じ高校の先輩後輩の間柄』って態度を通してね」

おお、さすがは燈子先輩。その事も既に織り込み済みか。

「君は今までのサークルでの態度通りにしていて。あまり私に話しかけないで、他の子との会話を重視してね。私も君の事はあまり関心が無いフリをするから」

その後、俺と燈子先輩は、『いつくらいにその計画を実行するか』『俺は女子連中と何を話題とすべきか』『どのお店で会うのが、一番偶然っぽいか』などについて話し合った。

計画実行については『集まる女子のメンバーが決定してから連絡する』という事に決まる。

またそれと同時に『女子メンバーの性格、関心がある事、逆に嫌いな事』などを、燈子先輩が知っている範囲で教えてくれるという事になった。

俺はそれを見て『それぞれが好みそうな話題、避けた方がいい話題』を考えるのだ。

『女子全体の人気を上げるなんて無理！』って最初は思ったが、燈子先輩の話を聞くと、案外簡単に行きそうな気がする。それに燈子先輩自身が、女性陣の輪の中で俺をサポートしてくれるんだからな。これはやりやすくて当たり前か。


そして………カレンと鴨倉の浮気が復活した。

あの『浮気旅行がボツになった日』から、一週間半ほど経《た》った木曜日からだ。

本当に、懲りないと言うか、チョロイと言うか。


翌週、俺は普段利用している駅の反対側の方に歩いていた。

大学と駅を挟んで反対側に、スイーツ食べ放題の店がある。燈子先輩たちは、そこで『サークルでの冬イベント』について、女子が何をやるか相談しているのだ。

今は十一月下旬。これから先、クリスマス、お正月、バレンタインと、いくつもの『冬のホットイベント』が待ち構えている。

俺達が所属するサークルでは、毎年それに合わせてイベントを企画しているのだ。

それに対する女子の要望をまとめましょう、という口実で集まっている。

俺はそこに「男一人でたまたまケーキを食べに来た」という設定だ。

一階でドリンクとケーキを二つ頼んで、それを持って二階に上がる。

平日の昼間なのだが、それなりに席は埋まっていた。

……まずは燈子先輩達のいる席を探して、そこに近づかないと……

そう思って奥の方へ進もうとした時だ。

「あれ、一色君じゃない？」

そう呼びかけてくれる声があった。見ると柱の陰になるが、そこで一美さんが手を振っている。燈子さんとサークルの女性四人が一緒だ。

俺はトレイを持ったまま、彼女達のいるテーブル席に近づく。

「一色君、一人？」

一美さんがごく自然にそう問いかけてくれる。打合せ通りだ。

「はい、一人です」

「良かったら、ここに座りなよ」一美さんが自分の隣を指し示す。

「すみません。それじゃあお言葉に甘えて」

俺は近くの空いているイスを引き寄せて、彼女達と同じテーブルについた。

一緒にいるのは、燈子先輩と一美さん以外、四人ともサークルの女子だ。経済学部二年の美奈《みな》さんと一年の綾香《あやか》さん、文学部二年のまなみさん、商学部一年の有里《ゆり》さん。四人ともサークル内では影響力のある女子だ。さすがは燈子先輩。人選にも抜かりはない。

経済学部二年の美奈さんが俺に聞いた。

「一色君はどこで一美と知り合ったの？　一美はウチのサークルに所属してないのに」

それには俺が答えるよりも早く、一美さんが答えた。

「燈子を通して顔だけは知っていたんだ。それでこの前、図書館でアタシがプログラムの本を探していたら一緒になってね。それから時々プログラミングの課題を頼んでいるんだよ」

「なんだ、そうなのか？　でも一美、外からウチのサークルの一年にチョッカイ出さないでよ。一色君はけっこう期待の新人なんだから」

美奈さんがそう言って笑った。

「アタシも今度からこのサークルに参加するんだから、もう文句ないだろ？」

一美さんも笑って言い返す。切り返しの上手い人だ。

「でも一色君はカレンと付き合っているもんね。もう手遅れだよね」

そう言ったのはカレンと同じ文学部で二年生のまなみさんだ。

「ええ、そうですね」

あいまいな返事で誤魔化《ごまか》す。

だけど」

「蜜本《みつもと》カレンか、私、あの子あんまり好きじゃないんだよなぁ。男子には人気あるみたいだけど」

美奈さんがズケッとそう言った。

「ちょっと美奈、一色君の前でそんなこと言っちゃ悪いよ」

まなみさんがそう言って止めに入るが、その割には顔が笑っている。

「あ〜、そうだね。一色君、ゴメンね。私、割りと思ったこと言っちゃう方だからさ。気にしないで」

すると経済学部一年の綾香さんが口を開いた。

「でも美奈さんの言う事にあたしも賛成です。カレンって男が居る時と居ない時とで、かなり態度が違うから」

「そうそう夏合宿の時もひどかったもんね。私もアレにはけっこう引いたけど」

そう同意したのは商学部一年の有里さん。

カレンがサークル内女子からの評判が悪い事は、事前に燈子先輩から聞いて知っていた。

で、ここで俺が言うセリフは……

「でも俺はカレンの彼氏なんで、彼女の事を信じてますから。根はイイ子ですよ」

とフォローする事。燈子先輩曰《いわ》く『彼女の悪口が出たら、必ずフォローする事。これだけは他女子に同意する必要はない』ということだ。

女性陣四人は一瞬、顔を見合わせた。

「ま、まぁね。一色君もカレンにいい所があるから、付き合っているんだろうし」

「実際、カレンは可愛いもんね。雰囲気とかもホワッとして」

「男子から見たら放っておけないタイプかもしれないね。あんまり気にしないで」

だが美奈さんだけは、最後にチクッと一言付け加えるのを忘れなかった。

「でもまぁ『付き合う女は選んだ方がいいかも』ってことよ」

俺だって本当はカレンなんかと付き合った過去は、完全クリアしたい。

『根はイイ子』なんて言って、口が腐りそうだ。

本音をブチまけて「カレンは性根から腐った女だ！」って大暴露してやりたい。

だが燈子先輩が「女子は『自分の彼女を悪く言う男は最低』だと思っている。だからカレンさんの悪口が出ても絶対に同調しないように」と釘《くぎ》を刺してくれたのだ。

しかし……燈子先輩から前情報で聞いてはいたけど、他女子のカレンに対する評価はかなり悪いんだなぁ。浮気の一件がなかったら、けっこうショックだったかもしれない。

「あ〜あ、さっき撮った自撮り写真、なんかあたしブスっぽい！」

一美さんがスマホを見ながらそう言った。話題を切り替えようとしてくれているのだ。

そしてこれは俺に『自撮りアプリの話に切り替えろ』という合図なのだ。

「どんな感じですか？　見せてもらえます？」

俺はすかさず、一美さんに声をかけた。

「ホラ、さっきこの店で撮ったんだけどさ。なんかあたしブスに見えない？」

別に普通に撮れているが、ここはお互い演技なので構わない。

「そうですね。たぶん光源のせいです。だから肌の色とホワイトバランスを調整すれば」

そう言って一美さんのスマホを操作する。

「お〜、キレイになったじゃん。さすが一色君。これくらいでないとSNSに上げられないよね！」

一美さんはオーバーにそう言った。

「一色君って、カメラアプリに詳しいの？」

そう食いついて来たのはやはり美奈さんだ。他の女子三人も興味ありげに俺を見ている。

「詳しいってほどじゃないんですけど、自分でも作ってみたいと思って。それで少し調べているんです」

これは本当だ。小遣い稼ぎでも出来ないかなと思って、俺はAndroidでカメラアプリを作ってみた事がある。もっとも『可愛く見せる、キレイに見せる』にはそれなりのノウハウの蓄積が必要らしく、俺が作ったアプリ程度では売り物にならなかったが。

「じゃあさ、今ならどんなアプリがお薦め？」

身を乗り出してきたのは有里さんだ。

「ちょっと前までメジャーだったのはKアプリですよね。今はSOアプリかULアプリかBPアプリ、B9アプリ辺りが人気があるんじゃないですか？　ナチュラルに盛るならSOだし、加工前提ならULとかBPとかもいいですよね」

「私はUL使ってるんだけど、機能が多すぎてどれを使えばいいのかわからないんだよね」

　まなみさんがそう言った。

「やっぱり一番は肌感だと思うので、ULなら……」

　そうして俺はしばらく、女性陣に対して『自撮りアプリの特徴とお薦めポイント』を説明した。また『シチュエーション別の加工テクニック』も少し話に加える。

　これらの元ネタは、全て燈子先輩から聞いたものだ。俺が調べたのは、現在人気のある自撮りカメラアプリについてと、有料サービスについてくらいだ。

　特に加工テクニックなんて、俺に解る訳がない。これは燈子先輩がモデル仲間に聞いてくれた話を、そのまま受け売りしているだけだ。

　しかしこれが思っていた以上に女子受けが良かった。内心はボロが出ないか、けっこう冷や冷やしたけど……

　綾香さんが感心したように言う。

「すごいね、一色君。こういうことにも詳しかったんだ」

　それに一美さんがさも納得したように首を縦に振った。

「一色君はさすがに情報工学科だけあって、アプリとかプログラムは詳しいからね。あたしもプログラミングの課題では、いつも彼に助けられているよ」

いや、助けられてるのは完全に俺だよな……そう思って内心で苦笑する。

この人は本当に場の雰囲気を読んでフォローするのが上手《うま》い。

「じゃあさ、今度は私にも教えてくれない？　私もプログラミングの課題、けっこう苦労してるんだよね」

そう言って、さらに身を乗り出してきたのは美奈さんだ。

「それじゃあ私も！　来期の授業ではプログラミングがあるんだけど、ずっと不安だったんだ。一色君、お願いできない？」と商学部の一年の有里さん。

「私もお願いしたいな。プログラムなんて知らないから、どうしようかと思っていたの」

そう言ったのは経済学部一年の綾香さんだ。

そこで初めて燈子先輩が口を開いた。

「一色君がみんなのプログラミングの課題を手伝ってくれるなら、私も助かるわ。私、今期はけっこう授業が忙しいし、自分の課題もかなりあるから」

そう素っ気なく言う。

俺がこの席に着いてから、燈子先輩はほとんど俺の方を見ない。

「俺にはまったく関心がない」そんな素振りだ。

これで俺と燈子先輩が共同戦線を張っているなんて、誰も思いはしないだろう。

「今まで燈子におんぶに抱っこだったもんね。忙しい時まで手間かけさせちゃって悪いな、とは思っていたんだ」と美奈さん。

「でも一色君にもお願いできるなら、燈子の負担も減るよね」とまなみさん。

俺も愛想良く答える。唯一のセールスポイントをアピールする絶好のチャンスだ。

「俺で良ければ、いつでも声を掛けて下さい。俺は教養のプログラミングの授業程度なら、別に負担にならないですから」

「やった〜！　一色君、ありがとう」

「一色君ってカメラアプリも詳しいし、もっと早く親しくなっておけば良かった」

「あたしもそう思ったよ。こんな事なら最初から色々話しておけば良かったなって」

「カレンに独占させちゃ勿体《もったい》なかったね」

「それは言っちゃダメでしょ！」

俺はホッと胸を撫《な》で下ろした。どうやら『女子会での好感度UP作戦』は成功したようだ。

するとと燈子先輩が左手の腕時計を見て、そこを二回なでる仕草をした。

『もう立ち去れ』の合図だ。

燈子先輩いわく『女子との会話は引き際が肝心』との事だ。

女子が『もう少し話したいかも』と思うくらいで立ち去るのが、丁度いいらしい。

いつまでも居座っていると、女子連中から「ウザイ」と思われるとの事だ。

「それじゃあ、俺はこれで」

そう言って席を立ち上がる。

「え、もう行っちゃうの？」

「もう少しゆっくりしていけばいいのに」

そう言ってくれる女子連中に、残念そうに答える。

「友達と約束があって。その前に授業で使う本を買っておきたいんで」

俺はそう答えた。もちろん、これもウソだ。

「そっか。残念だね」

「また今度、ゆっくり話そう」

「またサークルでね」

「さよなら！　あ、プログラミングの課題、ヨロシクね」

そう言う女子達に軽く会釈してその場を離れる。

これで燈子先輩に言われた通り、全てを上手くこなしたはずだ。

後で結果を電話して聞いてみよう。

「今日の感じは良かったわ」

　夜になり、俺は燈子先輩に電話したところ、最初に出た言葉はそれだった。

「あの後、私たちだけで残って話していたけど、みんな君に対してかなり好意的な評価を下していたわ」

「ありがとうございます。でもこれ、ぜんぶ燈子先輩のお陰ですよね」

　褒めてくれるのは嬉《うれ》しいが、お膳立てをしてくれた当人の前でそれを誇る事はできない。

「そんな事はないわ。私が言った事をキチンと実行できた事、それと君のマトを射た会話と自然な笑顔。そういう点が総合して、あの場の女子みんなの高評価に繋《つな》がったんだから。十分に自信を持っていいのよ」

　いやぁ、こんな風に燈子先輩に言われると、けっこう気恥ずかしいなぁ。

「それにカレンさんに対してのフォローも適切だったわ。周囲に同調せずに彼女を庇《かば》ってあげて、しかもそれもしつこく言う事もなく、適度な口数で」

　ん〜、それも燈子先輩が「女子との会話では、受け答えに注力して、自分からは喋《しゃべ》り過ぎないように」って言われたからなんだけど。

　もっとも俺は知らない人と話すのは、特に女性は、苦手なんだが。

「あれで女性陣は、ほぼ一色君の味方になったわね。だからこれでカレンさんが浮気してるなんてバレたら、彼女は総スカンを喰《く》らうわ。『あんなに優しく庇ってくれる彼氏を裏切っていたなんて』ってね」

「それは有難いですね。女性陣が心理的に俺の味方になってくれるかどうかは、かなり大きいので」

それは俺が以前から懸念していた点だ。

『最も相手に惚《ほ》れさせた時に、最も残酷な方法で振る』というのは復讐《ふくしゅう》方法としては最高なのだが、それを周囲の連中が『酷《ひど》い！　そこまでする事は無いんじゃないか？』って相手に同情的になる事を恐れたのだ。

鴨倉は『後輩の彼女を寝取った』という事で、あまり同情するヤツはいないだろう。

だが女子連中は解《わか》らない。カレンに賛同する子はいないと思うが、女性は共感性が高い生き物だと聞く。泣いているカレンを見たら「あそこまでやらなくても、いいんじゃないか？　あれじゃあカレンが可哀《かわい》そう」って思う女子も出てくるかもしれない。

それでカレンを庇う子が出てきたら、復讐のダメージが半減してしまう。

出来れば徹底的に、カレンと鴨倉に思い知らせてやりたい。

「そうね。大抵の女子は私たちの味方になってくれると思うけど。それも私に少し考えがあるから。今度相談しましょう」

そこも考えてくれているのか。まぁ燈子先輩に任せておけば、間違いはないだろうが。

だけど男として俺も少しは活躍したい気がする。

「それじゃ」

「あ、ちょっと待って下さい」

電話を切ろうとした燈子先輩に、俺は慌てて声を掛けた。

「なに？」

「いや、以前の俺の宿題の件なんですが……それで少しお願いがあって」

「宿題？」

「はい。再レポートになった『可愛《かわい》い女の子の条件』についてです」

「何か結論が出たの？」

燈子先輩の声が弾んだ。ちょっと期待しているような声だ。

「自分の中では答えはあるんです。でもそれを上手く言葉に表現できないって言うか……」

彼女は無言で先の言葉を待った。

「それで燈子先輩、今度俺に一日付き合ってもらえませんか？」

「えっ、私に？」

燈子先輩が珍しく驚いたような声で聞き返す。

「はい。『可愛さ』って人によって違うと思うんです。それでこの前は一般的な事ばかりを言ってしまいました。次はそうじゃなくて、キチンと燈子先輩に合った『可愛さ』を、宿題の答えに出したいんです」

俺はかなり真剣だった。この前からずっと考えていた結果が、これだ。

燈子先輩はしばらく無言だった。電話の向こうで、彼女が迷っているのが感じられる。

「お願いします。これで『俺が的外れなことを言った』と先輩が思ったら、その時は俺に見切りをつけて構いませんから」

それでも燈子先輩はしばらく沈黙していた。

だがやがて「……わかったわ……」と一言、電話の向こうから声が返る。

「ありがとうございます！」思わず俺の声も弾んだ。

「それで、いつ付き合えばいいの？」

「俺はいつでも大丈夫です。燈子先輩さえ良ければ」

「わかった。じゃあ次の日曜日はどう？　その日なら私は一日空いているから」

「オッケーです！　それでは次の日曜日、よろしくお願いします。時間は後で連絡します。行き先とかプランは俺が考えておくので！」

「うん、了解。それじゃあ次の日曜日に……」

そう言って電話は切れた。

よし、これで準備は整った。後は俺が思ったプランを実行するだけだ。

それで燈子先輩を納得させ、『最後の時に一緒にいられる相手』に俺がならねばならない！

俺は決意を新たにした。

九　燈子先輩と模擬デート

待ちに待った日曜日。俺は実家で二台所有している自動車の内、母親がよく使うリッター・カーの方で家を出発した。ミニバンの方は親父《おやじ》がゴルフに行くのに使うためだ。

ＪＲ京葉線・検見川浜《けみがわはま》駅に到着する。

約束の八時まではまだ十五分以上あるが、既に燈子《とうこ》先輩は待っていた。

「おはようございます。早いですね。まだ約束の時間までかなりありますけど」

「君はいつも約束より早く来るからね。たまには先に来て待ってようかと思って」

そう言いながら彼女は車に乗り込むと、シートベルトを締めた。

「それで、今日はどこに連れて行ってくれるの？」

「色々考えたんですが、写真をいっぱい撮りたいんで、ありきたりだけど南房総《みなみぼうそう》に行こうと思っています」

「え、写真を撮るの？」

燈子先輩は意外そうな顔をした。

「ええ、その写真を最後に全部、燈子先輩に渡します。それを見て、俺が思う『可愛い』

の参考にして欲しいんです」

燈子先輩は不満気な表情をしたが「わかったわ」と答えてくれた。

自動車を走らせると、俺はすぐに高速道路に向かう。

まずは木更津《きさらづ》方面だ。富津《ふっつ》までは高速道路を通る。

「南房総のどの辺に行くの？」

そう燈子先輩が聞いて来た。

「鋸山《のこぎりやま》から館山《たてやま》の方に行って、房総半島最南端の野島崎《のじまざき》を巡って勝浦の方から帰ってこようかと思っています」

「南房総半周って事ね。確かに千葉県民としてはありきたりかもね」

そう言って燈子先輩は笑った。

「これでも迷ったんですよ。でも東京方面は混んでいる割には、落ち着いて写真撮れる所が少ないかなって思って。茨城県のひたち海浜公園が本当は良かったんですが、この時期は咲いている花がイマイチっぽくて」

茨城県にある国営ひたち海浜公園は「一面が花で覆われた丘」となる有名な撮影スポットだ。春にはネモフィラで丘が青く染まり、秋にはコキアでピンクに染まる。ただ十一月も終わりの今は、残念な事にコキアの時期は過ぎてしまっている。

「いいんじゃない？　私も休みの日にまでわざわざ東京に出て人ごみの中で過ごすよりは、

少しのんびり出来るところの方がいいよ。それにこの時期でも南房総なら暖かそうだしね。今日は天気もいいし」

「ええ、晴れていて良かったです。ちなみに今日はけっこう歩きますけど、大丈夫ですか？」

「大丈夫よ、君が予《あらかじ》め『アウトドアだから歩きやすい運動靴で来て下さい』って言ってくれてたから」


館山自動車道を富津金谷《かなや》ＩＣで降りる。

そこから国道一二七号を南下して、途中で鋸山登山自動車道に入る。

うねうねと曲がりくねった道を登り、鋸山中腹にある日本寺《にほんじ》に到着した。

「鋸山って、私、来るの初めてかも」

燈子先輩はそう言いながら、石切り場跡に掘られた百尺観音や様々な仏像、大仏などを興味深そうに見て回った。意外に子供っぽい表情を見せる。

「良かったです。お寺とか仏像なんて、女子には興味ないかと不安でした」

「そんな事もないんじゃない？　最近は歴女とか神社仏閣巡りが好きな女の子も多いし」

振り向いた瞬間の燈子先輩をカメラで撮る。

背景は百尺観音に至る登山道で、両側が切り立った石の壁に挟まれた涼しげな場所だ。

木々の陰影も雰囲気があり、有名なジブリ映画のシーンにも例えられている。

「ちょっと、予告なしにいきなり写真撮るの？」

燈子先輩が不満そうに口を尖《とが》らせる。

「ええ。出来れば自然な雰囲気で撮りたいんです。あくまで俺目線から見た燈子先輩なんで」

「んん……」燈子先輩はまだ不満そうな様子だったが、それ以上は何も言わなかった。

そこから上に登って『地獄のぞき』に着いた。

ここは庇《ひさし》状に岩が突き出しており、その下は垂直に百メートルほど切り立っている。

「あの先端から下を見るのが地獄のぞきだそうです」

俺がそう言うと、燈子先輩は不安そうな顔を見せた。

「私、高い所って苦手なんだ……」

「でもせっかくここまで来たのに、アレを見ないと意味ないいんじゃないですか？」

燈子先輩が俺を恨めしそうな目で見る。

「一緒に行きましょう。俺が手を繋《つな》いでます」

燈子先輩はしばらく躊躇《ためら》っていたが、黙って手を差し出した。

「言っておくけど、私に『吊《つ》り橋効果』は効かないからね」

そう言いつつも、おっかなびっくりで岩の先端に進む燈子先輩は、しっかりと俺の手を握っていた。柵に沿って突き出た岩の先端まで進む。

「この下が地獄のぞきです」

そう言って俺も下を覗《のぞ》きこむが、足の下に何もない空間に突き出ている感覚は、確かに膝の力が抜けるような感じがした。

燈子先輩も無意識に俺の手をギュッと握りしめる。

そんな不安そうな燈子先輩の横顔もパチリ。

「ピッ」という撮影音で、燈子先輩が写真を撮られた事に気付く。

「こんな所も撮るの？」

「色んな表情を撮っておきたいんです」

燈子先輩は恥ずかしそうに視線を逸《そ》らした。

「後でちゃんと、全部消去しておいてよ」

俺は苦笑いしながら話題を変えた。

「ここで昔のお坊さんとかは修行したんですよね。精神力と集中力を鍛えるために」

「そんな事しても、意味ないと思うけどね」

表情を強張《こわば》らせながらも、そう強がりを言う燈子先輩に、俺は意地悪をしたくなった。

「いま地震が起きたらアウトかもしれませんね。この突き出た岩ごと崩れたら、下に真っ逆さまですもんね」

「ちょっと、止《や》めてよ！」

燈子先輩が俺を振り向いた。けっこう怒った顔だ。これはマズイ。

「すみません、冗談です」

「まったくもう！」

「でもそんな事になったら、俺、燈子先輩だけは絶対に助けるつもりです」

燈子先輩はチラッと俺を見た。そして小さな声でこう言った。

「『吊り橋効果』は効かないって言ってるでしょ」


鋸山を出た俺達は、国道一二七号を南下する。

「次はどこに行くの？」

「館山の沖ノ島《おきしま》に向かいます」

海沿いの道を南に進んで行く。海に面した丘にポツポツと家が立ち並ぶ。

ここまで来ると、俺達が住んでいる千葉市とは別の国みたいだ。

南の島にでも来たような気がする。とてもじゃないが「首都圏」とは言えないだろう。

もっとも東京だって奥多摩《おくたま》というクマが出るような秘境があるが。

館山駅を過ぎたら海上自衛隊館山航空基地に向かう。

その西側に陸続きになっている無人島が沖ノ島だ。

島に繋がる砂浜の手前が駐車場となっている。

「うわぁ、ここから見ると島までキレイに砂浜で繋がっているのね」

車から降りた燈子先輩は、海風に吹かれた髪を手で押さえながらそう言った。

そんな燈子先輩をパチリと一枚。今度は気付かれなかった。

「ここを歩いて島まで渡るんです」

俺達は二人並んで砂浜を歩いた。

「沖ノ島って元々は独立した島だったんですが、関東大震災で陸続きになったそうですよ」

「そうなんだ？　だとしたら江の島と一緒だね」

「江の島の方が断然メジャーですけど」

「でもコッチの方が人が少なくてイイよ。なんか東南アジアのビーチみたい」

「それは褒めすぎじゃないですか？」

「そうかな？　それとももし島の上にお城があったら、フランスのモン・サン・ミッシェルにも似た感じになりそうだけど？」

あ〜、なるほど。沖ノ島はただの木々に覆われた公園だが、城が建っていたらそう見えなくもないかも。

「この場所は房総半島の西側でしょ？　夕陽《ゆうひ》の時間に来たら、きっと素敵だと思うよ」

確かに、そうかもしれない。それとここからだと、意外にハッキリと富士山が見える。

その前には海。

夕陽と富士山と海を一度に見られるとしたら、この場所以外には中々ないかもしれない。

「夕方に来れば良かったかな」俺は独り言を呟《つぶや》いた。

島の中は自然公園になっているらしい。

「へぇ～、天然プールに洞窟まであるんだね」

燈子先輩が意外にも子供のように目を輝かせて案内板を見る。

そんな彼女の様子をまたスマホでパチリ。

今度は気が付いたらしく、俺の方を振り向く。

「いま撮ったでしょ？」

「撮ってません」俺は笑いながらそう言った。

「ウソ、撮ってたよ、絶対！」

「撮ってません」

「まったく……」そう言いながら、奥へと続く道の方を指差した。

「こっちが島の中に続く道なんだね。行ってみよう」

二人で森の中を通る道を進んだ。しばらく行くと視界が開ける。

海に出たのだ。両側を岩場に挟まれた小さな砂浜だ。

「きれい～！　こんな可愛《かわい》い砂浜があるんだ！」

燈子先輩は普段の取り澄ました態度とは別人のように、小さく跳ねるように海岸に降りて行った。俺もそのすぐ後に続く。

「うわぁ、海の水もすごくきれい。下の方まで透き通っているよ」

「ここは環境省が実施している海水浴場水質調査で、常に最高レベルの『ＡＡランク』を取得しているそうです」

燈子先輩が俺の方を振り返る。

「一色《いっしき》君は、ここには来た事があるの？」

「いや、俺も来るのは初めてです」

「私も初めて。近場にもけっこうイイ所ってあるんだね。知らなかった」

「そうですね。ここはサンゴの北限らしくて、シュノーケリングでサンゴが見られるそうですよ。魚とかも沢山いて、ダイビング・スポットにもなっているって話です」

「ここにも小さな魚がいるよ。ホラ」

燈子先輩がそう言って指を指した。

俺も岩を跨《また》いで、燈子先輩の近くに行った。

確かに小さな潮溜《しおだ》まりの中に、沢山の小さな魚が泳いでいた。

「ココに小魚の群れがいる。あとコッチにはちょっと大きい熱帯魚みたいなのもいるわ」

「どこですか？」

「ホラ、コッチ」

そう言って燈子先輩が階段状の岩の上に登ろうとした時。

「あっ」足を滑らし、小さな悲鳴を上げた。

とっさに俺は正面から燈子先輩を抱きかかえるように支える。

だが彼女と一緒に、俺の片足も海の中に「ドボン」と入ってしまった。

同時にスマホが小さく「ピッ」という音を立てた。

「あ、ありがとう」燈子先輩が驚いた様子でそう言う。

「いや、転ばなくて良かったです。岩場だから転んだらケガしたかもしれないし」

「でも私だけじゃなくて、君まで足が濡《ぬ》れちゃったね」

「大丈夫です、この程度」

そう言った時、俺は燈子先輩の顔がすごく近くにある事に気付いた。

三十センチと離れていない。

さらに俺は両手で彼女を抱くように、上腕部を摑《つか》んでいた。

燈子先輩もその体勢に気付いたようだ。俺から視線を逸らして言った。

「今も写真を撮っていたでしょ」

「え、ああ、そう言えば」

確かにスマホのシャッター音がしていた。

「こんな所まで撮らなくていいのに」

彼女はどこか恥ずかしそうだ。

「い、今のはワザとじゃないです」

燈子先輩が俺の方を見た。その深緑色の瞳に俺が映っている。

きっと俺の瞳にも、いま燈子先輩が映っているのだろう。

彼女がはにかむように笑った。

「早く出よう。でないと波でもっと濡れちゃうでしょ」

俺は黙って頷《うなず》くと、彼女の手を引いて砂浜の方に戻った。


その後は、島の反対側にある洞窟と神社を見て、車に戻った。

その頃には海に浸《つ》かって濡れた靴も、足跡が付かない程度には乾いていた。

「次は野島埼灯台に行きますね」

そう言って車を発進させる。野島埼灯台は房総半島最南端に建つ。

国道四一〇号を通り、野島崎に向かう。

山の中を抜けると、いきなり目の前に大海原が広がった。太平洋だ。

天気がいいお陰で、十二月も近いというのに青い海がキラキラと光っている。

海を右手に、山を左手に見ながら道路を進む。建物はポツポツと点在している程度だ。

やがて白く輝く建物が見えてきた。野島埼灯台だ。

この灯台は小さな半島状に海に突き出している部分に建っている事もあり、灯台の周囲が公園のようにぐるりと一周できるようになっている。

「せっかくだから、一番先まで行ってみない？　そこが房総半島の最南端なんだから」

「いいですね、行ってみましょう！」俺も明るく同意する。

野島埼灯台周辺は、キレイに草なども刈り取られている。

遊歩道のすぐ先はやはり岩場の海岸だ。

「こういう何にもない、水平線が見える海っていうのもいいわね」

燈子先輩がそう言って深呼吸した。その瞬間を狙ってまたパチリ。

「あ、また撮った」燈子先輩が横目で睨《にら》む。

「今日だけは勘弁して下さい。これが宿題の解答になるんですから」

俺は苦笑しながらそう答える。

「でもなぁ、どうせならちゃんと準備した状態で撮って欲しいんだけど」

燈子先輩はまだ不満そうだ。

二人で並んで海を眺める。目の前はまさしく大海原。太平洋だ。

「この先がアメリカ、南米、オーストラリア、そして南極なんだよね」

燈子先輩から、風に誘われたように言葉が流れ出る。

「私、いつか自分のヨットで世界の国々を回ってみたい、って思っているの」

ヨットで世界を回る？　燈子先輩はインドアなイメージがあったので、少し意外だった。

「私は小さい頃、一ヶ月以上入院していた事があってね。その時に読んだ本で、夫婦でヨットに乗って世界を回る話があったの。それ読んで『素敵だな。自分もこんな風に自由に世界を巡ってみたい』って思ったの。それからかな、本が好きになったのは。最初は旅行記や世界の国々に関する本ばかりだったけどね」

「素敵な夢ですね」

「そうね。素敵な『夢』だろうね。でも実際には、狭いヨットの中で四六時中一緒に居られるようなパートナーなんて、中々見つからないだろうけどね」

俺は一瞬だけ燈子先輩を見た。

彼女ならずっと一緒に居ても、輝きを失わないと思う。

いや、一緒に居れば居るほど、魅力的に感じる。

「お父さんもヨットに憧れていたみたいなんだ」

そう言って反対側、灯台の方を見た。

「灯台って真っ暗な夜の海で、ただ一つの道標でしょ。今ならＧＰＳがあるけど、昔の船乗りにとっては唯一の目印であって、希望であったと思うの。そして灯台がある場所を辿《たど》って、目的の場所へ向かったのよね」

彼女の目は、陽の光を浴びて白亜に輝く灯台を見上げた。

「だから私の名前も『燈子』って名づけたんだって。みんなの希望となって、光を与えられるように、って」

俺はそんな彼女を見ながら思った。

……燈子先輩。少なくとも、今の俺にとってあなたは、希望であり、道標であり、光です……『彼女の浮気《カレン》』という暗い嵐の海の中で、唯一俺を照らしてくれ、目標を与えてくれ、そして希望になってくれている……

「ねぇ、どこかで声が聞えない？」

燈子先輩が不意にそう言った。

「声、ですか？」

「そう、泣き声みたいな……」

そう言われて俺も耳を澄ます。

すると確かに、波の音の合間に子供の泣き声みたいなのが聞える。

「子供の声みたいなのが聞えます」

「まさか……海に落ちたかもしれない……とか？」

燈子先輩の顔色が変わった。

「もしそうなら大変だよ！　一色君、君も周囲を探して！」

「わかりました。俺は海の方を探しますから、燈子先輩は灯台側を探してください！」

俺はそう言うと、岩場になっている海岸に沿って歩き始めた。

燈子先輩は遊歩道から内側の公園側に走る。

やがてなだらかな岩畳となっている海岸近くで、男の子が泣いているのを俺は見つけた。

波打ち際ではない。岩場で転んだだけらしい。

海に落ちた訳ではないのでホッとした。

「燈子先輩、コッチにいました！」灯台側に向かって大声で叫ぶ。

「大丈夫か？」

俺は男の子の近くに寄ると、そう声をかけた。

見ると六歳くらいの男の子だ。小学校一年生くらいだろうか？

だが男の子は泣いているだけだ。

「ここは危ないよ。アッチの平らな所に行こう」

だが男の子はイヤイヤと言うように、首を左右に振る。見ると半ズボンからむき出しになっている膝から、けっこうな血が出ている。岩場で転んだ時に擦りむいたのだろう。

仕方ないので俺は男の子を抱き上げると、そのまま遊歩道に戻った。

ちょうどそこへ燈子先輩が走ってくる。

「どこに居たの？　大丈夫だった？」

「そこの岩場で。でも海までは離れていたから、危険ではなかったと思います」

燈子先輩の目も、男の子の膝に向いた。

「この子、ケガしてるじゃない」

燈子先輩は手早くティッシュで血を拭き取ると、自分のバッグから取り出した絆創膏《ばんそうこう》を男の子の膝に貼る。

「傷はそんなに深くないわ。もう大丈夫でしょ。まだ痛い？」

「まだちょっと痛い」男の子はそう答えた。

「お父さんやお母さんはどこに行ったの？」

そう質問した燈子先輩に「アッチ」と男の子は灯台の方を指差した。

「あっちって、どこ？」

そう重ねて聞いても男の子は「アッチ」としか答えない。

「仕方ない。とりあえず灯台か資料館の方に行ってみましょう。もし迷子なら、そこに親が来るはずですし」

俺がそう言うと燈子先輩も頷いて「大丈夫？　歩ける？」と男の子に聞いた。

だが男の子は「歩けない」と答える。仕方ない。

「ほら、負《お》ぶってあげるから」

そう言って男の子に背中を向けると、すぐに男の子は俺の背中に飛びついて来た。

ホントに歩けないか？　そう思ったが、ここでそれを言っても始まらない。

俺は男の子を背負って立ち上がった。

「じゃあ行きましょう」

そう言って燈子先輩と並んで歩く。

燈子先輩が男の子に聞いた。

「君、名前は何ていうの？」

「翔太《しょうた》」

「どうしてあんな所にいたの？」

「カニがいたの」

「カニ？」

「でも捕まえられなかったの」

つまりこういう事か？　この男の子はどういう訳かは知らないが、一人であの遊歩道にいた。そこでカニを見つけたので捕まえようと追いかけていたら、海岸近くの岩場に行ってしまい、そこで転んで泣いていた、と。

不意に背中で男の子が口を開いた。

「お姉ちゃんとお兄ちゃん、『デート』してるの？」

俺と燈子先輩は一瞬、顔を見合わせた。

「『デート』してるの？」

もう一度、男の子が聞いてくる。

「う～ん、まぁ、そんなところかな？」

燈子先輩がそう答えると、男の子はさらに突っ込んで来た。

「じゃあ、お姉ちゃんとお兄ちゃん、恋人同士？」

「「えっ？」」

俺と燈子先輩、両方が同時に声を上げる。

さっきまでたどたどしい口調だったのに、なぜこんな言葉だけスラスラと？

俺が戸惑っていると、燈子先輩がそれに答えた。

「さあ、どう思う？」

「わかんない。でも『デート』してるのは『恋人同士』なんだって」

「誰がそう言ったの？」

「みーちゃん」

そこで固有名詞を出されても、俺たちには解《わか》らないのだが。

だが燈子先輩はニコリと笑って答えた。

「そうだね。『みーちゃん』がそう言ったなら、恋人同士かもしれないね」

続いて「クスッ」と小さく笑う。

その後も燈子先輩は男の子をあやしていた。俺はほとんど無言だったが。

それと俺には意外だった。普段クールで理知的な燈子先輩が、こんなに子供好きなんて。

俺は密《ひそ》かに片手でスマホを操作し、そんな燈子先輩の様子を隠し撮りした。

彼女が気付いたか、気付いていないかは微妙だ。

「あっ、ママだ」

男の子が背中から指差した方向に、さらに小さな女の子の手を引き、赤ん坊を抱いた母親が立っていた。そのまま母親の前まで行き、男の子を降ろす。

燈子先輩が経緯を説明すると、母親は何度も俺達に頭を下げた。

どうやら母親は、下の子をトイレに連れていっていたらしい。

最後に燈子先輩は男の子の前にしゃがみ込み、

「それじゃあね、翔太君。もう、お母さんのそばから一人で離れちゃダメだぞ」

そう言って彼の頭に優しく手を置いた。

そんな燈子先輩の様子を、素早くカメラで撮る。

親子から離れた所で、俺は言った。

「燈子先輩って、子供好きなんですね」

「なに？　その意外そうな言い方は？」

「い、いや、別にそういう訳じゃないですけど」

俺は慌てて訂正したが、燈子先輩は睨《にら》みながらも笑顔だった。

「私、子供好きだよ。それに弟とかも欲しかったなって」

「燈子先輩は兄弟はいるんですか？」

「三つ下の妹が一人ね」

燈子先輩の妹なら、やっぱり美人なんだろうか？

「本当は一番欲しかったのは、お兄さんなんだけどね」

話している内に、車のそばまで戻って来た。

「お昼もだいぶ過ぎちゃったね。そろそろどこかで食事にしない？」


国道四一〇号を北上する。今度は房総半島の東側を通るルートだ。

やがて「道の駅　和田浦《わだうら》WA・O！」に到着する。和田浦駅のすぐ近くで、巨大なシロナガスクジラの全身骨格模型が飾られている。このレストランに入る。

メニューを見ながら俺は言った。

「和田浦って、現代では珍しく捕鯨が行われている場所なんですよ。捕鯨って言うと和歌山県の太地《たいじ》が有名ですけどね」

これもネットの受け売りだ。

「あ〜、そう言えば『南房総の方でもクジラ漁をやっている所がある』って聞いた事があるわね。クジラベーコンとか売っているとか」

「クジラ肉ってどんなものか、一度食べてみたかったんです」

そう言いながら、俺のオーダーは決まっていた。「特製くじら丼」。

これはどんぶりの上にクジラの刺身、クジラの竜田揚げ、クジラのカツが載っている。

「私は普通にこの『旬の地魚刺身定食』でいいかな。クジラ肉はクセがあったら食べられないもの」

「でもせっかくここまで来たんだから、ちょっとは食べてみたくないですか？　クジラ肉なんて、この先で捕鯨反対運動が進んだら食べられなくなりそうだし」

それでも燈子先輩はまだ迷っていた。

「じゃあこの『くじら刺身』を一つ頼みましょう。それを二人でシェアすればいいんじゃないですか？」

「わかった。そうしよう」

注文した料理が運ばれてきた。クジラ肉の色は牛肉よりもだいぶ赤黒い。馬肉みたいだ。

食べてみると、思ったより普通の肉だった。赤身の強い輸入肉といった感じか？

燈子先輩も同じ感想を持ったようだ。

「少し独特の臭いはあるけど、けっこう普通のお肉だね」

「そうですね。色は馬肉で、味は輸入牛肉のモモ肉って感じです」

「でもクジラは元々牛や豚と同じ偶蹄類《ぐうているい》から分岐したんでしょ。味は似ていて当然かもね。今ではクジラと牛や豚や鹿なんかを合わせて『鯨偶蹄類《くじらぐうているい》』っていう分類なんですって」

「へ〜」

「ちなみにクジラに最も近い陸上動物はカバだそうよ」

「さすがは『図書室の女神様』。博識ですね」

するとと燈子先輩はジロッと俺を上目遣いに睨んだ。

「そのあだ名、好きじゃないんだけど」

「どうしてですか？　みんなこれはイイ意味で使っていると思いますけど」

「私は飾り物でもなければ、当然女神でもないわ。ごく普通の女子高生だったし、今は普通の女子大生でしょ」

「そりゃそうですけど」

「少なくとも私の事をある程度わかっているはずの一色君には、そう呼んで欲しくないな」

燈子先輩は少し寂しそうな感じでそう言った。

「わかりました。すみません」

俺が謝罪の言葉を口にすると、燈子先輩はまたイジワルそうな笑みを浮かべた。

「じゃお詫《わ》びとして、後でソフトクリームを奢《おご》って。さっき外で売っていたから」

ソフトクリームを欲しがるなんて、やっぱり可愛《かわい》いところあるよな。

「了解です。二つでも三つでも買ってください！」

「おっ、言ったな？　じゃあハチミツとミルクのソフトと、落花生ソフトの二つ貰《もら》おう！」

食事が終わると既に午後三時を回っていた。

結局ソフトクリームは二人で一つずつ違う種類を買い、それを途中で交換した。

燈子先輩との『初・間接キス』だ。

そんな燈子先輩が、ソフトクリームを食べている所も写真に一枚。

「こんな食べている所まで撮るの～？」

とちょっと不満そうだったが、意外に子供っぽい食べ方でそれもいいと思ったのだ。


さらに北上して、太東駅《たいとう》の近くにある『雀岩《すずめ》』に向かった。

ここは九十九里浜の南端から少し南に行った所にあり、別名を『夫婦岩』とも言うらしい。

小さな砂浜に、カットされたケーキのような形の岩が海に突き出している。

「ここが最後のスポットになりますね」

俺はそう言って車を降りた。時刻は既に夕方の四時だ。

「けっこう色んな所を回ったもんね。房総半島をほぼ半周しているし」

燈子先輩もそう言って、車から降りてきた。

周囲を見渡しても、俺たちの他に人影は無かった。

目の前に小さく入り江状になった砂浜がある。

その左手にケーキ型の雀岩がそびえ立っている。引き潮なので簡単に岩に登れそうだ。

「ちょっと登ってみません？」

「え、危なくないかな？」

「そんなに傾斜はキツくないし、大丈夫ですよ」

俺は岩の麓に行くと、燈子先輩に手を差し出す。

彼女は怖々俺の手を摑《つか》んだ。そのまま岩の上に引っ張り上げる。

雀岩は陸地側は土が堆積して草も生えており、登る事にそんなに苦労しない。

俺達はすぐに頂上に着いた。雀岩は海に面した部分は垂直に切り立っている。

下を覗《のぞ》くと、急に深くなっているのか、濃い青の海水が渦巻くように岩を洗っていた。

「あんまり端に行くと、危ないわよ」

燈子先輩がそう言うので、俺も少し手前に戻る。

東の空は、既に暗くなり始めている。

水平線近くに、いくつかの星が見えた。一番明るいのが金星だろう。

反対側を見ると、房総の山々の峰に太陽が沈もうとしている。

俺と燈子先輩は沈む太陽を見ながら、雀岩の頂上に並んで腰を降ろした。

「今日は一日付き合ってもらって、ありがとうございました」

俺がそう言うと、燈子先輩は笑顔で小さく頭を下げた。

「どういたしまして、こちらこそありがとうございました」

そして彼女は明るい表情で顔を上げる。

「今日は楽しかったぁ〜。なんか哲也《てつや》とのデートより楽しめたよ。素の自分が出せたって感じ！」

俺は苦笑いした。

「でも本当の恋人だったら、元カレの名前を出した段階でマイナスじゃないですか？」

「そうかもね」

そう言って燈子先輩は両手で膝を抱える。

「でもね私、本当の事を言うと、今日はカレンさんにちょっと嫉妬しちゃったよ。『いつも君とこんなデートしてるんだ』と思って」

俺は一瞬、なんと答えるべきか解らなかった。

だが燈子先輩にそんな風には思って欲しくなかった。

「カレンとはこういう所は来ません。アイツは買い物できる所や話題の場所が好きなんで」

「そうなんだ？　でも普通はそうかもね」

その言葉を聞いて「燈子先輩は鴨倉《かもくら》とはどんなデートをしているんだろう」と気になった。

だがそれを聞く事はできない。俺は別の事を尋ねることにした。

「前に『カップルは三ヶ月目で別れを考える時が来る』って言っていたじゃないですか。燈子先輩には来なかったんですか？」

燈子先輩は少し考えるように、顎を膝に乗せた。

「う～ん、その前から思う所はあったけど、私がワガママなのかなって思って。哲也にも『燈子は贅沢《ぜいたく》だ。俺に不満があるなんて』って言われた事もあるし」

さすが、陽キャ・イケメンは言う事が違うわ。

「それに丁度テスト期間で距離が空いた時期でもあったしね。その次は夏休みでサークルのイベントとかもあるでしょ。『いま別れたら、その後が気まずいし、もう少し様子を見よう』って思ったの」

「それで様子見て、どうだったんですか」

燈子先輩はしばらく沈黙した。

「哲也の寂《さみ》しい所、そして寂しがり屋なのにいつも虚勢を張っている所。そんな所を見ていたら『そばに居てあげたいな』って……」

俺は質問した事を後悔した。

「一色君には石田《いしだ》君っていう、何でも話せて困った時には助けてくれる友達がいるでしょ。でも哲也にはそういう人が居ないんだよ。どんな集団でも中心になれるけど、本当の意味で心を寄せてくれる人はいないなんて……」

燈子先輩の声は消え入りそうだ。

「だから身の回りを、色んなモノで固めたいのかもね。同じように陽キャで騒げる仲間とか、自分を持て囃《はや》してくれる女の子とか……」

俺は黙って燈子先輩の横顔を見ていた。そこで彼女は自嘲的に呟《つぶや》く。

「私もそのアクセサリーの一つだったのかもね。ちょっと見てくれがいい、他人に自慢できるアクセサリー……」

そうして顔を隠すように膝に埋《うず》めた。

「本当は私も、哲也が浮気している事は薄々感じていたの。でも普段の哲也は私にとっても優しいし、私を優先してくれているから。それを無意識に見ないようにしていたのかな。今回の一件だって、君が一緒でなければ、きっと私は見て見ぬ振りをしていたと思う」

俺はなんと声を掛ければいいんだろう。

「哲也にしてみれば、他のアクセサリーを身につける事は当然なのかもね。きっと私自身には魅力は無かったんだろうな」

「そんなこと無いです！」俺は強く否定した。

「燈子先輩、十分に魅力的ですよ」

だが彼女は悲しい目で俺を見た。

「それは単に見た目だけの話でしょ。そうじゃなくて一人の女の子として……」

「一人の女性としても魅力的です。俺はそれを伝えるために、今日は付き合って貰《もら》ったんですから」

俺はそう言うとスマホを取り出し、今日一日、燈子先輩を撮った写真を映し出した。

「俺が今日一日、燈子先輩の素敵だと思った所を写真に撮りました。それを見てください」

そう言って燈子先輩と肩を寄せるようにして、一緒にスマホの画面を見る。

鋸山《のこぎりやま》で感心したように石仏を見上げる燈子先輩、地獄のぞきでおっかなびっくり歩く燈子先輩、砂浜で海風に吹かれる燈子先輩、磯《いそ》で魚を覗き込む燈子先輩、思いがけず二人して潮溜《しおだ》まりに落ちて抱き合うようになった偶然の場面、水平線を望む姿、男の子を笑顔であやす燈子先輩、ソフトクリームを美味しそうに舐《な》める様子。

その全てが、彼女自身の自然な魅力を写し出している。

「燈子先輩の自然な姿、自然な笑顔、そして自然に人に接している所が、一番可愛いと思いました。だから普通にしている燈子先輩が一番可愛いです。思ったままに感情を素直に出している燈子先輩は魅力的です」

「……ありがとう……」

写真をじっと見つめていた燈子先輩の横顔が、沈む夕陽《ゆうひ》の中でオレンジ色に輝いていた。

そして小さいけど、ハッキリした声で言った。

「今まで撮ってもらった、どの写真より嬉《うれ》しい。プロのカメラマンの写真より嬉しいよ」

雀岩を出た俺と燈子先輩は、その後は外房有料道路から東金《とうがね》道路を通って、地元の千葉市に戻った。来た時と同じくJR京葉線・検見川浜駅まで燈子先輩を送る。

「それじゃあ、また学校でね」

そう言って燈子先輩は車を降りる。

「はい。今日は本当にありがとうございました」

「ううん、私の方こそありがとう。とっても楽しかったわ」

「そう言って貰えて良かったです」

だが燈子先輩は車からは降りたが、ドアは閉めずにそのままの姿勢でいた。

……まだ何かあるのかな……？

そう思って俺は燈子先輩を見た。

燈子先輩も俺を見つめる。

「一色君、今日のデート……」

「はい？」

少しの間を置いて、決心したように言う。

「うん、『優』をあげよう！　一色優《ゆう》の『優』だね」

そう言ってニコッと笑う。

「それじゃあ、おやすみ！」

彼女は俺の言葉を待たずに、バタンとドアを閉めた。

……『今日のデート』か……

俺は燈子先輩の香りが残る車内で、ボンヤリとそう考えた。

学食ジェラシー・ストーム

昼食時の学食は、かなり混み合っている。

俺はアジフライ定食を持って、カレンが待つテーブル席に着いた。

この大学の学食は二つあるが、この第一学生食堂は中央には普通の長机タイプのテーブルがあり、窓際にだけ円形の四人掛けテーブルがある。そしてカップルになっている連中は、大抵はこの円形テーブルを独占している。カレンはこの『カップル・テーブルの確保』に拘《こだわ》っており、いつも学食では早めに来てこの位置を確保する。

俺はカレンから見て九十度右のイスに座った。以前は並ぶように座っていたのだが、カレンの浮気を知ってから何となく距離を空けるクセが付いてしまったようだ。

カレンは『お母さんが作ってくれた弁当』を持ってきている。

金曜の昼食は一緒に食べるのが、俺たちの交際が始まった時からのルールだ。二人で土日にどこに遊びに行くかを決めるためだが、今となってはこのルールは苦痛でしかない。

だが燈子《とうこ》先輩に「今までの付き合い方は絶対に変えないように！　女はちょっとした変化で、相手の心理状態を察知する」と念を押されているため、今でもこうして二人で一緒に食事を取っている。

もっとも別の見方をすれば、カレンは月曜か木曜に浮気をしているので、その様子を探るために金曜の昼食は丁度いいとも言えるが。

食事が始まって三分もしない頃、カレンが不満げな様子で前を見ていた。

彼女の不機嫌な理由は解《わか》っている。

だが俺はそれに気付かないフリをして、黙々とアジフライ定食を口に運んでいた。

「まったく……」

カレンはそう言ったかと思うと、ワザとらしく「はぁ〜」というタメ息をついた。

これは俺に対して「自分を気遣え！」というサインだ。

……仕方ない、相手してやるか……

「どうしたんだ、カレン？」

どうしたもこうしたもなく、カレンが不機嫌な理由は明らかだったが、一応彼氏らしくそれを聞いてやる。

「アレよ、アレ」

カレンは俺だけに解るように、五つ前のテーブル席をアゴでしゃくった。

そこには燈子先輩と鴨倉《かもくら》が座っている。

燈子先輩は二人分のお弁当を作ってきており、その一つを鴨倉に差し出していた。

「鴨倉先輩と燈子先輩か？」

「そう！」カレンは鼻息と一緒に返事をした。

「燈子先輩、バッカじゃないの？　こんな学食なんかでイチャイチャしちゃって。みっともないと思わないのかなぁ」

燈子先輩は笑顔で自作弁当を広げて、それを鴨倉に差し出している。鴨倉も嬉しそうだ。

だが別に取り立ててイチャイチャしているほどには見えない。

普段の俺なら「別にいいんじゃない。付き合っている二人なんだから」と言う所だが、ここはカレンに同調した方がいいだろう。

「そうだね」

「優《ゆう》くんもそう思うでしょ？　学食は食事する所なんだから、あんな風にイチャつくなっての！」カレンはかなりご不満らしい。

「そもそもさぁ、弁当を持ってきてるなら学食に来る必要ないじゃない！　空いている教室かどっかで二人だけで食べればイイんだよ。その分、席も空くんだからさぁ。他の人の迷惑も考えろっての！」

「自分も弁当だろ」というツッコミを入れたいのは抑えて、今度も「そうだね。教室で食べればいいのにね」と心のこもらない同意をする。

それにそもそも、この学食は持ち込み自由だ。

弁当やヨソで買ってきた食品を持ち込んではダメ、という決まりはない。

事実、カレンや燈子先輩以外にも、多くの学生が持ち込んだ食べ物を出している。

「最近のあの二人、しょっちゅうああやって二人でお弁当を食べているよね」

「そうだね。よく見かけるよね」とりあえず適当に相槌《あいづち》を打つ。

視線を前の二人に向けると、本当に楽しそうに話しながらお弁当を食べている。

燈子先輩の手作り弁当を………そう思うと俺の心もザワついて来る。

たとえこれが『燈子先輩の作戦』だと判《わか》っていても……


「男子が女子にやって貰って、嬉しい事って何かある？」

電話で燈子先輩がそう聞いて来た。十日ほど前の事だ。

「何かあったんですか？」俺が聞き返すと、

「哲也《てつや》の気持ちをもっと盛り上げるために、何か喜ばせるような事をやろうと思って」

そう燈子先輩は答えた。

今の所、燈子先輩と鴨倉は表面上はうまくいっているカップルだ。

その一方で鴨倉は定期的にカレンとも浮気を重ねている。

とは言うものの状況を見ている限りは、やはり鴨倉の本命は燈子先輩だ。

カレンは『燈子先輩と会えない時に呼び出す都合のいい女』というポジションだ。

もっともカレン本人は、この事実に気が付いていないみたいだが。

「なるほど、そうですね。それで男が喜ぶような事ですか？」

あの下半身無節操男ならアッチ方面の事なら喜ぶだろうが、死んでも燈子先輩にはそんな事はさせられない。

それにもっとフラれた後まで引きずるような、精神的に依存性が高いものがいい。

「やっぱプレゼントでしょうか？　それも思い出に残るような」

だがこれは自分で言っていてピンと来てなかった。ありきたりなように思う。

「う〜ん、プレゼントも考えたんだけど、どんな物を哲也が喜ぶか判らないしね。それに浮気しているヤツにお金を使うって、やっぱり癪《しゃく》よね」

「じゃあお金を使わないなら手編みのマフラーとか」

「今からじゃXデーを越えちゃうわよ。それに今の哲也を思い出したら、そんな手間を掛ける気になれないわ」

俺は考えた。自分なら何をされたら精神的にキツイか。

その時に『金曜はカレンと一緒に昼食を取る』という約束を思い出した。

今の俺には、これが精神的にけっこう辛《つら》かった。

『それまでは楽しかったランチの思い出』が一転して『苦い思い出』に変わるためだ。

「燈子先輩、手作り弁当なんてどうですか？」

「そうです。彼女がお弁当を作ってくれて、喜ばない男なんていません」

「手作りのお弁当？」

「そうなのかな？」

「ええ。しかも燈子先輩にフラれても、大学生活は続く訳じゃないですか。鴨倉先輩は昼食の度に『燈子先輩が作ってくれたお弁当』を思い出すんです。これは精神的ダメージがありますよ」

燈子先輩が電話の向こうでしばらく沈黙する。

「お弁当か……でも私、料理は苦手なの」

燈子先輩なら家事もバッチリかと思ったんだが、料理は苦手なのか？　少し意外だ。

だがその点もちゃんと考えてある。

「大丈夫ですよ。最近のお弁当は冷凍食品だけで全て賄えます」

「そうなの？」

「ええ、しかも袋から取り出して弁当箱に入れるだけです。レンジでチンさえする必要がないんです」

俺も金が無い時は、母親に頼んでお弁当を作って貰《もら》っている。だが母親も忙しい時は自分で作るのだが、弁当箱に適当にご飯を詰めて冷凍食品を入れるだけで完了だ。

「しかもハンバーグやオムレツ、トンカツから、お惣菜《そうざい》などの副食まで全部揃《そろ》っているからレパートリーも豊富です。それに一つ作るのに五分も掛かりませんよ」

「そうなんだ？　それなら私でも出来そう！　ありがとう、いいこと教えてくれて」

そんな経緯で、燈子先輩は鴨倉に週に一回か二回、お弁当を作ってきて一緒に食べる事にしたのだ。燈子先輩は今までそんな事は一度もした事がないため、鴨倉はかなり喜んでいるらしい。なんでも周囲の友人に、

「燈子も俺の嫁として、やっと自覚が出てきたな」

とか何とか、のたまったそうだ。


「カレン、前まで燈子先輩のこと『クールでカッコイイ』って思ってたんだ。だけど幻滅しちゃったな！」

カレンは顔を突き上げるようにして、そう言った。

「そうだね。燈子先輩の今までのイメージと違うね」

さっきから「そうだね」しか言ってないが、俺としてはもうコイツとの会話には興味が無いのだ。サッサと切り上げたい。

「あんなことして、オトコのご機嫌取っても仕方ないのに！　燈子先輩にはプライドがないんだね」

カレンのこの発言には、俺は内心イラッと来た。

カレンは鴨倉と浮気している事で、燈子先輩に勝ったつもりなのだろうか？

……男にとって、本命の彼女と浮気相手とじゃ、天と地、月とスッポン、いや太陽とミドリガメくらいの差があるんだよ……！

「あれ？　一色《いっしき》君！」

そう声を掛けられて振り返ると、そこには燈子先輩の親友・加納一美《かのうかずみ》さんがいた。

一緒にいるのは、この前の女子会にも居た、同じサークルの経済学部二年の美奈《みな》さんと一年の綾香《あやか》さんだ。

「あ、一美さん」

俺も挨拶を交わしたが、今日は特に彼女とは会う約束をしていない。

声を掛けられたのは、ちょっと意外だった。

「ここ、座っていい？　席が空いてなくて探してたんだ」

この席は元々四人用のテーブル席だ。

一つ空いているイスを持って来れば、五人でも余裕で座れる。

「あ、どうぞ」

俺はそう言って、自分のイスをカレンの近くにずらした。この場合は仕方が無いだろう。

横を見ると、カレンは彼女たちに関心無さそうな顔をしている。

「カレン、二人で居るところを邪魔しちゃって悪いね～」

そう言ったのは美奈さんだ。

「別にいいですよ、カレン達はもうすぐ食べ終わりますから」

素っ気なくそう答えるカレンに、美奈さんは苦笑した。

「でもちょうどいい所で一色君に会えたよ。君を探していたんだ」

「俺をですか？　何の用です？」

「ホラ、この前に話していた『プログラミングの課題』の件。あれ、お願いできないかなと思って」

そう言った美奈さんの横で、一美さんも頷《うなず》いている。

「あの話ですか？　了解です。どんな課題か教えて貰えれば作りますよ」

「それでさ一色君のメルアドを教えてくれない？　グループメールじゃ頼みづらくって」

そこで一美さんも言った。

「アタシが一色君の連絡先を教えても良かったんだけどさ。本人の許可なく教えるのも、マナー違反かなと思って」

「そうですね、この前は連絡先を交換していなかったですもんね。それじゃあ」

俺は美奈さんと綾香さんの二人と、メールアドレスとＳＮＳのＩＤを交換した。

それをカレンは横目で見ている。

美奈さんがスマホを掲げて言った。

「一色君の連絡先さぁ、まなみと有里《ゆり》にも教えていい？　あの子達もあの場に居たしさ」

「ええ、いいですよ。『プログラムの課題をやる』って約束しましたから」

「じゃあ二人に伝えとくね」

同じ一年の綾香さんがカレンの方を見た。

「なんか彼女の目の前で、彼氏から連絡先を聞くのって気が引けるけど。でも裏でコソコソされるよりイイよね？」

するとカレンは興味なさそうに言った。

「大丈夫だよ。優くんにとってカレンしか眼中ないってわかってるから。別に気にしてないしぃ～」

三人が顔を見合わせた。

「そうだね。この前も一色君は『カレンの彼氏だ』って自分で宣言してたしね」

「カレンも良かったね。一色君みたいな優しくて一途《いちず》な彼氏がいて」

テーブルの下で太股《ふともも》を突《つ》かれた。カレンだ。見るとその目が『もう行こう』と言っている。俺としてはカレンといるより、彼女たちといた方が、まだマシなのだが仕方ない。

「それじゃあ俺たち、食べ終わったんでそろそろ行きます」

そう言って食事の済んだトレイを手に立ち上がる。カレンも一緒に席を立った。

「あ、一色君、もう行っちゃうんだ？」

「仕方ないね。じゃあまた今度ね」

「課題、悪いけど頼むね。連絡するから」

俺は軽く彼女達に会釈して、その場を離れた。カレンは一人で先に歩いて行く。

席を離れる前、燈子先輩のテーブルを見ると、一瞬だけ彼女と目が合った。

だが特に何の合図もない。

俺はそのまま食器を返却口に返すと、食堂を出て行った。

「なに、さっきのアレ？　二人でいる所に、いきなり割り込んできてさ」

カレンは溜《た》め込んだ不満を吐き出すようにそう言った。

「いや、この前、偶然にスイーツ食べ放題の店で会ってさ。その時に『プログラムの講義があるから、課題が出たらお願いしたい』って頼まれていたんだ」

「なにそれ。図々《ずうずう》しくない？」カレンは明らかに不機嫌だ。

「まぁ同じサークルだしね。コッチも何か頼む事もあるかもしれないから、出来る事があったら協力した方がいいと思ってさ」

「優くんも、あんまり女の子にデレデレしないで！　みっともないよ！」

……オマエにだけは言われたくないよ……

俺はその言葉をぐっと飲み込んだ。

「ごめんよ。ただ俺が女子と仲が悪くなったら、カレンが嫌な思いをするかと思ってさ」

するとカレンは俯《うつむ》きながら言った。

「カレン、ああいう女同士の集まりって嫌いなんだ。なんか嫉妬深いって言うか、陰湿って言うか……それでいて互いの足を引っ張り合いながら、傷の舐《な》めあいみたいな感じでさ」

「そうなんだ」俺はカレンの言葉を適当に聞き流していた。

「だからカレンは、男友達と一緒にいる方が性に合うんだよね。サッパリしていてさ、陰湿な感じがないし。カレンもサバサバした性格だからさ」

……なに言ってんだ、コイツ。オマエのは男に囲まれてチヤホヤされたいだけだろうが
……もっともそれを見抜けなかった俺が馬鹿だったんだが。

カレンが急に俺の前に回って立ち止まった。

「なに？」

「優くんは、絶対に浮気とかしちゃダメだからね。カレンだけを大事にするように！」

カレンはそう念を押すように言った。なるほどね。「俺は、浮気しちゃダメ」って事ね。

それでいて自分は浮気してもオッケーと、そういう事か？

コイツの自分勝手な思考には、もう本当についていけない。

Xデーまであと一ヶ月を切ったか。それまでせいぜい勝手な熱を吹いてろ。

十一／追いコン1DAYキャンプ

俺と燈子《とうこ》先輩、そしてカレンと鴨倉《かもくら》が所属しているサークル『和気藹々《わきあいあい》』は十二月初旬に、『三年生の追い出しコンパ』がある。

大学三年生は年が明けると、そろそろ就職活動に本腰を入れねばならない。

そんな理由で追いコンは十二月中旬に行われる。

そしてこのサークルは今でこそ『何でもありイベント系サークル』と化したが、元々が『キャンプなどのアウトドア系サークル』だったため、追いコンだけは伝統的に野外キャンプに決まっているのだ。

ただし最近はこのキャンプも軟弱化しており、『日帰りできる1DAYキャンプ』つまりバーベキューをやってお終《しま》いとなっている。

「この日が女子人気をアゲる、最後のチャンスだから」

燈子先輩は俺を見据えて、そう言った。俺は黙って頷いた。

「今のところ、一色《いっしき》君に対する女性陣の評価はけっこう高いわ。特にこの前の女子会で会った四人はね」

「ケーキ食べ放題の店で会った四人ですね」

俺は以前に『サークルの主だった女子が集まっている時に、偶然を装って話の輪に入り、女性陣からの評価を上げる』という作戦を実行した事がある。

ちなみにこのアイデアの発案も、お膳立てをしてくれたのも、全て燈子先輩だ。

その時に経済学部二年の美奈《みな》さんと一年の綾香《あやか》さん、文学部二年のまなみさん、商学部一年の有里《ゆり》さんという主力女子の四人と交流を持つようになった。

「そう。彼女達はサークル内でも中心的人物だし、他女子への影響力も大きい。彼女たちに好かれているのは、君にとって大きなアドバンテージよ。でも他の女子にも、もう一つアピールが欲しいわね」

「そう思って俺も、追いコン・キャンプでは料理担当に立候補しました」

燈子先輩の言う『他女子へのアピール』については、俺も考えていた。

その結果として思いついたのがコレだ。

キャンプでは料理好きな男子が、それぞれ一品を披露する事になっている。俺はその一人だ。

イマドキ『料理男子』なんて珍しくもないし、どこまで女子へのアピールになるか解らないが、俺が他人より出来そうなものと言ったら、プログラミングと料理くらいしか無いんだから仕方が無い。

それと俺は子供の頃から家族でキャンプによく行っていたので、キャンプやバーベキューの知識は一通りある。

「そうだね。君はけっこう料理は出来るんだったね。キャンプの料理は何にするか決まっているの？」

「はい、バーベキューはありきたりなんで、ダッチオーブンを使ったローストチキンでもやろうかなと思っています」

これは俺の親父《おやじ》の得意料理だ。丸鶏《どり》を丸々一羽使った豪快な料理だが、事前に燻製《くんせい》などに使うソミュール液に浸しておく事で、肉全体に絶妙な味が付いてくれる。内部には栗《くり》やカブ、ニンジン、ジャガイモ、ブロッコリーなどの野菜を詰めておく事で、かなりゴージャスな料理を演出できる。

「いいわね。それにプラス、何かデザートを用意できるといいわ。女子はデザート好きだし、バーベキューではどうしても重たい料理が中心になってしまうから」

「じゃあヨーグルトにフルーツ缶を混ぜたデザートなんてどうでしょうか？　作るのに手間が掛からないし、サッパリしているので」

「それでいいと思うわ」

燈子先輩は満足そうだ。

「他には何か注意する事ってありますか？」

女子の気持ちって本当によく解らない。「良かれ」と思ってやっても、逆効果だった事は何度もある。だからここは燈子先輩の意見を参考にするしかない。

いつも燈子先輩に頼りっきりで情けないが……

「まずは色んな女子と満遍なく、適度に会話する事ね。あまり一人とだけ話し込んではダメ。それからシツコクない程度にサラッと会話する事。特に困っている女子の手助けなんかをしてあげてね。そうすれば自然に会話できるし」

なるほど、前にも言っていた『女子全員に公平に』ってヤツだな。

「後は普通にしてればいいんじゃない？　一色君は男子の中で、嫌いな人とか苦手な人とかいる？」

真っ先に『鴨倉哲也《てつや》』の名前が頭に浮かんだが、とりあえずそれは口にしない。

「特にいませんが」

「じゃあ大丈夫。いつも通り、楽しく男子と遊んでいれば。女子は『仲のいい男子グループ』が好きなのよ」

それなら普段の事だから、特に問題ない。

「それと今回だけは、カレンさんにかまい過ぎないようにね。出来るだけ他の女子のポイントを上げる事に注力して」

「わかりました」

「もちろん、彼女が完全に拗《す》ねてしまうようじゃ困るけど。ちょっとくらい嫉妬させる程度がちょうどいいわ」


そうして十二月の第二土曜日。俺達は『追いコン・1DAYキャンプ』に参加した。場所は静岡県の富士山周辺にあるオートキャンプ場だ。広々として眺望が良く、ウチのサークルは例年ここか伊豆《いず》のキャンプ場を使っているらしい。

俺は調理担当の一人として自分の家のミニバンを出していた。一緒に石田《いしだ》を乗せていく。燈子先輩は残念ながら鴨倉の車だ。現時点ではまだ『燈子先輩は鴨倉の彼女』という事になっているので、これは仕方が無い。鴨倉もこの日のために、実家の車（BMWのセダン）を持ってきていた。

電車組は新宿駅に集合だ。そこで合流してそれぞれの車に分乗する。

早朝に出発した事もあり、午前十時半には目的のキャンプ場に到着する事が出来た。

「お〜し、それじゃあ調理担当はさっそく準備だ。まずは火起こしから始めるぞ」

俺は三脚式の焚《た》き火《び》台を組み立て、その上に炭を置き着火剤に火を着けた。

子供の頃から家族でキャンプに行っているので、この辺の手順は手馴《てな》れている。

そばに他大学の女子がやって来た。

「へぇ〜、一色君、手馴れているね」

「まぁね。家族でよくキャンプに行ってたから」

「私たちの所、なんでかわからないけど、火が中々つかないんだよね」

「そうなの？　見てみようか？」

「そうしてくれると助かる！」

その女子について、彼女たちが担当している焚き火台に向かった。

原因はすぐに解った。まずは持って来た炭が備長炭《びんちようたん》だったのだ。備長炭は高級品で火持ちが長い反面、とても火が着きにくい。そしてどれも炭自体が大きかった。

その反面、着火剤は百円均一で売っているチョコレート型のものだ。

これでは中々火が着かないだろう。

「この炭はどこから持って来たの？」

「ウチにあった炭なの。前に家族でコテージに行った時の残りで」

「この炭は備長炭と言って高級品で、火が長時間燃え続けるんだけど、そのぶん火が着きにくいんだよ」

「そうなんだ？　知らなかった。炭なら何でもいいかと思って」

「俺が持って来た炭を少し分けてあげるよ。その上でこの備長炭を燃やせば大丈夫だと思うから」

俺は自分の所から細かく砕けた炭と着火剤を持って来た。それを使ってまずは火を起こす。

　ある程度、炭が燃えたところで、彼女の持って来た備長炭を空気の通りが良いように上に載せる。やがて備長炭も赤く燃え始めた。

「これで大丈夫。後は火加減を見ながら、炭を取り除いたり追加したりすればいいから」

「ありがとう、一色君！　助かった！」

「また困った事があったら、遠慮なく呼んで」

　俺はそう言ってその場を離れる。

　すると少し離れた所で、燈子先輩と一美《かずみ》さんが並んでコッチを見ている。

　一美さんが小さく親指を立てた。「グッド・ジョブ」の意味だろう。

　俺もニヤリとしながら目礼だけを返す。

　自分の場所に戻ると、炭火の方も頃合良く燃えていた。

　ダッチオーブンの中にタマネギ、ニンジン、ジャガイモなどを下に入れ、既に下ごしらえしてある丸鶏をその上に置く。表面にはあらびきコショウとピンクソルトをまぶし、オリーブオイルを満遍なくかけて、ダッチオーブンのフタを閉めた。

　これを三脚タイプの焚き火台の上からチェーンで吊《つ》るす。そしてダッチオーブンのフタの上にもいくつか炭を置く。これで上下からゆっくりと加熱されるはずだ。後は時折、火の様子を見てやるだけでいい。

石田が近寄って来た。

「もう出来たのか？」

「ああ、後はこのまま焼けるのを待つだけだ」

するとさっきの女の子が、別の女子を連れてやって来た。

「ごめん、またちょっと聞きたい事があるんだけど？」

「いいよ、なに？」

「この子が、肉を焼くのに火加減がわからないんだって」

すると一緒に来た女子が口を開いた。

「大きめの塊肉を焼こうと思ってるんだけど、表面が焦げちゃう割には、中には全然火が通っていなくて……」

「そうなんだ？　とりあえず見に行くから、どこでやってるの？」

「すぐそこ」

見ると俺の焚き火台から十メートルも離れていない。

そばに行くと、確かに肉の表面はアチコチが黒く焦げているが、切ってみると中はほとんど火が通っていない。牛肉だから多少は生焼けでも大丈夫だと思うが、肉が冷たいままでは食べていて美味《おい》しくないだろう。

「他にも肉はあるの？」

俺がそう聞くと、女の子はクーラーボックスから塊肉を取り出した。

「あ、肉の塊を焼く時は予《あらかじ》めクーラーボックスから出しておいて、常温に戻しておかないと」

次に俺はバーベキュー台を見た。中央に集められた炭からボンボンと炎が上がっている。

「それとこれじゃあ火力が強すぎるよ。網の上から五センチほどの所に手をかざして、五秒我慢出来るか出来ないかくらいじゃないと」

すると女子たちは戸惑った表情を見せた。

「私たち、どれくらいが丁度いい火加減かわからなくて」

「俺の方はもう焼けるのを待つだけだから、やってあげるよ」

俺はそう言うと、彼女達のバーベキュー台の網を外し、中央に固まった炭を全体に均一になるように広げた。

一部の細かい炭は取り除き、バーベキュー台の端の一箇所だけ炭を置かない部分を作る。上に置く網にはオリーブオイルを塗ってバーベキュー台に戻し、さっきの塊肉をバーベキュー台の炭がない端の方に置く。

「これである程度、肉が温まったら中央に置いて焼き始めればいい。火の加減はさっき言った通りね。火力が弱かったら炭を追加するか、炭を真ん中に集めてその上で肉を焼くか」

そんな話をしていたら、いつの間にか周囲に女子が集まってきていた。

俺のバーベキュー方法にみんなが聞き入っている。

「ありがとう、助かった！」

「ほんとう、手馴れているね」

「私たちの所も見てもらっていい？」

「最初から話を聞きたかったなぁ」

「私たちは鍋なんだけど、どのくらいがいいの？」

「一色君は何を作っているの？　え、ダッチオーブンで丸鶏のロースト？　凄《すご》い、本格的じゃん」

「いいなぁ、私も一色君の料理、食べてみたい！」

おお、なんか知らんけど、やけに女子受けがイイじゃん！

顔面の筋肉が緩んでくるのが解る。

と、ここであんまりデレデレしちゃいけないんだよな。

とりあえず「食べたい」と言ってくれた女子には「出来上がったら呼ぶから来て」と言うと、多くの女の子が「私も！」と言ってくれる。

するとそこに集まった女子をかき分けるようにして、カレンがやって来た。

そのまま背中から俺に抱きつく。

「ねぇ優《ゆう》くん。まだ料理できないの？　カレン、おなか空《す》いちゃった！」

コイツ、この女子が集まった中で『自分が彼女ですアピール』してるな。

しかもさっきまで、他の男子の調理している所をウロついて話していたクセに。

まったく調子がいい女だ。

ローストチキンに火が回ったところで、ダッチオーブンを焚き火台から降ろす。

フタの上にまだいくつか炭を載せたままだ。

こうして余熱でじんわりと中の肉汁を循環させる。

その間に、新たな鍋に水とレトルトのミネストローネを入れ、そこに予め切ってあるキャベツとベーコンを投入する。これで一煮立ちさせれば完成だ。

フランスパンを厚さ二センチほどに切っておく。

「はい、丸鶏《どり》のローストチキンとミネストローネ、完成しました！」

どうやら俺は手間が掛かる料理の割りには、かなり早く出来た方だ。

さっきの宣伝？　の効果もあり、多くの女子が集まってくる。

それぞれの紙皿には切り分けたローストチキンと一緒に焼いた野菜、それに余った肉汁にショウガと醤油《しょうゆ》とハチミツを混ぜたソースを掛ける。紙コップにはミネストローネだ。

「パンは自由に取ってください」

俺はそう呼びかけた。俺の周囲に女子の輪が出来る。

「美味《おい》しい！」

「うん、レストランで食べるより美味しい！」

「肉も野菜もよく味が染み込んでいるよね」

「栗《くり》も入ってるんだ？　ホクホクで美味しい！」

「今日は寒いから、このミネストローネも温まってベストマッチだよね！」

やったぜ、超高評価じゃんか！

そこに一美さんと、女子会で一緒だった美奈さん、綾香さん、まなみさん、有里さんの中心女子四人がやって来た。その後ろには燈子先輩もいる。

「アタシ達にも食べさせてくれよ、一色君の料理」

「わかってます。ちゃんと一美さん達の分も取ってありますから」

そう言って一人ずつ料理を取り分ける。

燈子先輩に渡した時、彼女がニッコリ笑って頷《うなず》いた。

『上出来！』の意味だろう。

ロースト・チキンを一口食べた一美さんがうめく。

「うめぇ、マジでうめぇ。こんな所でこんな上等な料理が食べられるとは思わなかった」

美奈さんもそれに続く。

「本当に美味しいよ。一色君、普段から料理はやるの？」

「いや、ほんの時たまです。ただ両親が共稼ぎなんで、必然的に俺が料理できるようになったって言うか」

「でもこれだけ出来れば上出来だよ。結婚相手として申し分ないね」

そこで一美さんが大声で言った。

「本当だよ。一色君、アタシの所に嫁に来ないか？」

「それ逆でしょ」

周囲のみんなが笑った。

おそらくさっきの一美さんの発言は、元から計算されていたものだろう。

だがそうと解っていても、なんか嬉《うれ》しい。

燈子先輩は何も言わないが、満足げな表情だ。

その横でカレンが不服そうに、俺と一美さんとを睨《にら》んでいる。かなり面白くないのだろう。

と、いきなりスマホが振動した。

取ってみると、なんと燈子先輩からのメッセージだ。

彼女は五メートルと離れてない所にいるのに……⁇

疑問を感じながらメッセージを開く。

＞(燈子) 帰りは君の車に乗せて！

＞(優) いいですけど、でもそれは不自然じゃないですか？

＞(優) 行きは鴨倉先輩の車で来ているんですよね？

＜（燈子）その点は大丈夫。一美がうまく言ってくれるはずだから。

＜（燈子）今日の哲也は強引なの。だから帰りは哲也の車には乗りたくない！

……つまり鴨倉は強引に燈子先輩をどこかに連れ込もうとしている、という事か……

俺の中で瞬間的に訳の解《わか》らない怒りが燃え上がった。そんな事は絶対にさせない！

＜（優）わかりました。帰りは俺の車に乗ってください。俺から燈子先輩に声を掛ければいいですか？

いざとなったら、今までの事をブチまけてでも、燈子先輩は俺が連れて帰ってやる！

＜（燈子）それはしなくていいわ。一美からうまく声を掛けてもらうようにしたから。

俺は不安を感じたが、そこで反論しても仕方が無い。

それにみんながいる場所で、俺と燈子先輩の二人が長々とスマホをいじっていたら、誰かが不自然に思うかもしれない。

＜（優）わかりました。それじゃあ後で。

そう言ってスマホを閉じる。

……クソッ、鴨倉の野郎……！

しかし公には鴨倉は燈子先輩の彼氏で、俺は部外者だ。

こんな時、表立って行動できないのは歯がゆい。

……だけど、イザとなったらどんな事をしてでも、燈子先輩を守る……

俺はそう決心した。

ローストチキンとミネストローネの後に、デザートとして出したヨーグルトと缶詰のフルーツを混ぜた物も好評だった。

おかげでどの女子とも満遍なく、会話する事ができた。

時々カレンが不満そうに『彼女は自分だアピール』をして来るのがウザかったが。

バーベキューの後は軽くフリスビーやバレーボールで遊ぶ。フリスビー・キャッチは男子だけだが、けっこう盛り上がった。そこに飛び込んで来た邪魔者が一人。

「カレンもやるぅ〜！」

フリスビー・キャッチは一人が投げて、それを六人がダッシュで追いかけて片手でキャッチするのだ。当然、女子であるカレンでは勝ち目がない。カレンにはハンデを付けてやるが、それでもキャッチ自体が出来ないのでどうにもならない。

ぶっちゃけ、カレンが入って興醒《きょうざ》めだ。

「他の女子も一緒に出来るように、バレーボールにしないか？」

俺はそう提案した。周りで見ていた女子に声を掛け、男女混合で「トスが何回続くか」などをやって和気藹々《わきあいあい》と楽しむ。

やがて帰り時間になった。俺は燈子先輩を気にしながらも、バーベキュー道具を片付けていると、一美さんが燈子先輩と一緒にやって来た。

「一色君、君の車ってミニバンだよね？」

やけに大きな声で一美さんがそう聞いて来た。

「はい、そうですが？」

「後ろの座席はフルフラットに出来る？」

「もちろん出来ますよ」

そこで一美さんは、さらに声を張り上げた。周囲のみんなに聞えるように言う。

「じゃあさ、帰りは私と燈子を君の車に乗せてくれない？　燈子が腰を痛めたらしくてさ。座っているのもツライんだって」

なるほど、そういう事か。俺も燈子先輩も一美さんも、みんな家は近くだ。

そして腰が痛い時は横になって寝ているしかない。

鴨倉の乗用車で、座った姿勢で長時間乗車しているのは、かなりキツイ。

「わかりました。準備しますから、どうぞ二人は俺の車に乗ってください」

俺も大きな声でそう答える。

すると鴨倉が顔色を変えてすっ飛んで来た。

「おい、何を勝手なことを言ってるんだ？　行きと一緒で、燈子は俺が連れて帰るよ」

俺は鴨倉を睨みつけた。そうそういつも、コイツの思い通りにさせてなるものか。

「燈子先輩は腰が痛いそうです。普通の乗用車では余計腰痛が悪化します。その点、俺のミニバンなら後部座席はフルフラットに出来るから、横になった体勢で帰れます。その方が腰への負担は少ないです」

「俺の車だって助手席のシートを倒せば、それでいいだろう」

「それじゃあ痛いと思うから、一美さんが俺の車がいいと言っているんじゃないですか？」

「オマエは医者か？　勝手に他人の彼女について、わかったような事を言うな！」

「その本人が『鴨倉先輩の車じゃツラい』って言っているんでしょ！」

みんなが「何を騒いでいるのか」と集まってくる。その中から一美さんが前に進み出た。

「鴨倉さん、燈子はかなり腰が痛いと言っているんだ。これから何時間も鴨倉さんのセダンに乗って帰る事には耐えられないと言っている。だからアタシが一色君に頼んだんだ」

だが鴨倉も引かない。

「大丈夫だ。俺は燈子の彼氏なんだ。その点も十分に気遣って帰るよ。もし燈子の痛みが激しいなら途中で休みながら帰ればいい。そういう点でも俺が燈子を連れて帰るべきなんだ」

コイツ、彼女が腰が痛いって言っているのに、まだどこかに連れ込むつもりなのか？

「燈子は、今日は親が帰って来いと言っているそうだ。そして明日も用事があるらしい。どこかで休みながらなんて、燈子の都合を無視しているよ！」

「だから休憩を入れながらでも、明日の朝までに家に着けばいいんだろ！」

一美さんの目が険しくなる。

「アンタ、本当に自分勝手な男だな。じゃあ途中で燈子がトイレに行きたい場合はどうするんだ？　燈子は歩くのもツライって言ってるんだぞ。男のアンタが肩を貸して女子トイレに入るのか？　燈子が寝た姿勢で帰れる事以外に、アタシが同乗できないとダメなんだよ」

鴨倉は何か言い返そうとするが、その一美さんの指摘には反論できなかったようだ。

トラブルを察知したのか、サークルの部長である中崎《なかざき》さんがやって来た。中崎さんは鴨倉とは高校のサッカー部からの付き合いで、こういう時に唯一鴨倉に意見できる人だ。

「おい鴨倉。燈子さんは腰が痛いと言っているんだろ？　ここは無理せず、寝た姿勢で帰れる一色の車でいいじゃないか」

「しかしな……」

「彼氏として心配なのかもしれないが、一美さんが一緒に付いて行くと言っているんだ。問題はないだろう」

それでも鴨倉はしばらく俺達を睨んでいた。最後に中崎さんがこう言った。

「そんなに心配なら鴨倉、オマエは一色の車の後をついて走ればいいだろ。何かあったら彼に電話すればいい」

「わかったよ、中崎。別にそこまで心配している訳じゃねぇよ」

鴨倉は、最後にもう一度俺を睨んでから、その場を離れて行った。

「なるほど、そういう訳だったんすか」帰りの車の中、そう言ったのは石田だ。

結局、俺の車には俺と石田、そして燈子先輩と一美さんが乗る事になった。

「まったく鴨倉さんが、あんなにシツコイとは思わなかったよ」

一美さんが呆《あき》れながらもチャカすように答える。

「哲也は一度自分が言い出したら、中々引かないタイプだから。自分の主張をあくまで押し通そうとするのよ」

「俺も今回は、引く気はありませんでしたよ」俺は苛立《いらだ》ちを隠さずに言った。

「それがわかったから、アタシが間に入ったんだよ。一色君も珍しく闘志をむき出しにしていたからね」一美さんが笑いながら言った。

自分ではそこまで感情を露《あら》わにしたつもりはないが、周囲からはそう見えたのだろうか？　それはそれで、今後の展開にマズそうだが。

最後に燈子先輩が小さく頭を下げた。

「でも本当に助かった。今日の哲也はかなり強引だったから。私も怖かった。一美と一色君のおかげで助かったわ」

そんな燈子先輩の頭を、一美さんは「ヨシヨシ」と軽く撫《な》でた。

「大丈夫！　アタシに任せて。燈子を浮気男の餌食になんかさせないよ！」

その後、運転席でハンドルを握る俺に、燈子先輩がそっと顔を近づけた。

「一色君、本当にありがとう。庇《かば》ってくれた時、嬉しかった」

そう耳元で小さく告げる。

その言葉に、なにか微妙な熱を感じたのは、俺の思い過ごしだろうか？

十二　決戦前夜

「どう、一色《いっしき》君？」

少し不安そうな様子で傍らに立った燈子《とうこ》先輩は、そう俺に聞いた。

「ウン、美味《おい》しいです。とっても！」

俺はお世辞抜きに賞賛した。この料理なら文句なしだ！

「ヤッタ！」

燈子先輩は笑顔で女の子らしい小さなガッツポーズをした。

いつもとは違って長い髪をシュシュで一つに縛り、エプロンをつけている。身体《からだ》全体を反らしながら、胸の前で小さくガッツポーズを取る燈子先輩は、本当に可愛《かわい》らしかった。

「まだ三回目だっていうのに、ここまで上達するなんて。流石《さすが》ですね、燈子先輩」

「えへへ、君のおかげだよ、きっと」

満更でもない笑顔で、燈子先輩はそう答える。

燈子先輩が「Xデーに向けて、料理を作れるようになりたい」と言いだしたのは半月ほど前だ。Xデー、すなわちクリスマス・イブには、サークルの気の合ったメンバーが集まってパーティをやる事になっていた。

そこで出す『女子の手料理』を燈子先輩は練習したいと、俺に言ってきたのだ。

「私の家で料理の練習をするから、一色君に味見して欲しいの」

そう言われて俺は、喜び勇んで燈子先輩の家に向かった。

「誰もいないから入って」

そう出迎えてくれた燈子先輩の言葉に、俺は思わず変な期待をしてしまった。

「立派な家ですね」

リビングに通された俺は、率直な感想を言った。

外から見て家自体も大きく立派だったが、室内もかなり豪華なのは一目瞭然だ。

「まぁそれなりって所かしら？　ウチは両親ともフルタイムで働いているから」

「ご両親は何の仕事をされているんですか？」

「両親とも医者よ。父は東京で精神科の病院を開業していて、母は美容整形の病院に勤めているの」

……ハハァ、それで……

俺は妙に納得してしまった。

「親は私にも医学部に進んで欲しかったみたいだけど、私は医者には興味が無かったから」

「両親ともフルタイムで働いているなら、家事とかはどうしているんですか？」

「週に三回、家政婦さんが来てくれるの。それと母の実家がすぐ近くだから、毎日のようにお祖母《ばあ》ちゃんが来て、料理や洗濯をしてくれるから」

それで燈子先輩は料理が出来ない、という訳か。

ちなみに俺は一人っ子で両親が共稼ぎのため、料理や家事は一通り出来る。

そこで俺は思い出した事があった。

「たしか三つ下の妹さんがいるんですよね？　今日は出かけているんですか？」

「あの子は自由奔放な子だから、何をしているかわからないわ。今日もどこかに遊びに行っているんでしょうね」

そう困ったような笑みを浮かべて、燈子先輩は俺の前に料理を出して来た。

「じゃあ食べてみて。率直な感想を言って欲しいの」

だが俺は目の前の料理を見て、既に結果は予想できていた。

食べるまでもない、というのが正直な所だ。やけに黒っぽい唐揚げに、形が歪《いびつ》なケーキ、そして所々が炭化したバックリブ。かろうじてまともっぽいのは肉ジャガくらいか？

「和洋折衷ですか？」

俺が軽く聞いてみると、

「うん、どっちの方が私には作りやすいか、試してみたいと思って」

と自信無げに答える。

まずは肉ジャガを一口。と、その一口で舌が「NG」と答えた。

ともかくしょっぱいのだ。

「どう？」

不安そうに燈子先輩が聞く。

「う、うん、そうですね。甘味《あまみ》が足らないのか、醬油《しょうゆ》が多いのか……」

俺は微妙な答え方をした。

と言うかこれは肉ジャガではなく、『肉とジャガイモの醬油煮』だ。

「ハッキリ言って！」

燈子先輩がそう促す。

「う〜ん、そうですね。おそらく砂糖かみりんが足らないんだと。その割りに醬油が強すぎると思います」

「……そう……」燈子先輩は少しガッカリしたようだ。

俺は次に黒っぽい唐揚げを口にした。黒っぽい割りには味があまり感じられない。

この黒っぽさは高温の油で揚げ過ぎたのだ。そのためか、肉がパサパサになっている。

「コッチはたぶん揚げ過ぎだと思います。それと鶏肉《とりにく》にもっと下味をつけた方が……」

「そうなんだ……」

やはりダウンしたトーンの口調だ。

最後に表面が炭化したバックリブに。だがコレが一番マズかった。

食べるために切り離そうとしたら、中から赤い肉汁が出てくる。

切断面を見てみると、骨に近い部分はまだ生焼けだ。

豚のバックリブなので、生焼けはマズイ。

俺は燈子先輩の様子を見ながら、恐る恐る言った。

「あの、燈子先輩。これ、冷蔵庫から出して直接火にかけていませんか？　表面が黒く焦げている部分があるのに、中心部分はまだ生焼けです」

燈子先輩もそれを見て「あっ」と声を出した。

「本当だ。表面はすっかり焼けているから、もう大丈夫だと思ったんだけど」

「おそらく肉は、冷蔵庫から出して室温まで戻しておかないと、こうなる可能性が高いと思います。それとオーブンで予熱が足らなかったのかも」

「……ごめんなさい……」

燈子先輩はすっかり萎縮してしまった。

普段の彼女の態度からは想像もできないくらい、しゅんとしてしまっている。

「そんなに気落ちする必要はないですよ。最初は誰でもこんなものです。料理は失敗して上手《うま》くなるものですから」

俺は落ち込む燈子先輩をそう言って励ました。

だが燈子先輩はすっかり落胆してしまっているようだ。

彼女のこんな様子は今まで見た事がない。

「まだ鶏肉と唐揚げ粉は残っていますか？」

「う、うん」

それを聞いて俺は立ち上がった。

「一緒に作ってみませんか？　少なくとも揚げ方くらいはわかるかと思います」

俺は燈子先輩と一緒にキッチンに行った。

「鶏肉は一口大に切って下味は付けてから、一時間は置いた方がいいと思います。もっとも最近は市販の唐揚げ粉もよく出来ていて、付けてすぐに揚げても美味しいですけど」

燈子先輩は熱心に俺の手元を見ていた。

「油の温度は一七〇から一八〇度がいいです。それで四分くらいですね」

俺は熱した油の中に唐揚げ粉を付けた鶏肉をいくつか放り込む。

「あんまり一度に沢山入れると油の温度が下がってしまうので、二〜三個ずつ入れて様子を見て……」

油揚げ程度の色になった唐揚げを、俺は鍋から取り出して油を切るバットの上に並べた。

「本当はいきなりバットの上に出すより、鍋に置くアミの上で油を切った方がジックリ熱が取れていいんですが」

「これくらいの色で油から出しちゃうの？　唐揚げってもっと濃い色じゃない？」

「今回は塩コショウベースだからです。醬油ベースだと色が濃くなるんです。それに余熱でけっこう中まで火が通るんですよ」

五分ほど置いた唐揚げを、俺たちは試食した。

「美味しい！　ホントだ。中まで火が通っているのに、とっても唐揚げがジューシーだわ」

「市販の唐揚げの色を想像していると、どうしても揚げ過ぎちゃうんですよね。そうすると肉汁も逃げてパサパサになりやすいんです」

燈子先輩は目を輝かせて俺を見た。

「ありがとう、一色君。教えて貰《もら》った通りに私もやってみるわ」


二回目に呼び出された時のメニューは、唐揚げとポテトサラダとシフォンケーキだ。

唐揚げは前回と比べて格段に上手くなっていた。ポテトサラダも上々の出来だ。

そして両手の指にいくつも貼られた絆創膏《ばんそうこう》が、苦闘の跡を物語っている。

しかしシフォンケーキは全くダメだった。

「やっぱり、ダメ？」

ケーキを口に入れた俺の表情で察したらしく、燈子先輩は悲しげに言った。

ケーキが膨らんでおらず、全体的にスポンジが潰れた感じで固いのだ。

それに所々に小麦粉がダマになっていた。

「スポンジにふんわり感が無いですね。それと所々小麦粉がダマになっている」

俺は正直にそう答えた。またもや燈子先輩が意気消沈している。

「……どうすれば、いいのかな？」

「それは俺には……ケーキなんて作った事が無いので」

こうして燈子先輩の手料理の試食会も、三回目にして美味《おい》しくいただく事が出来たのだ。

前の二回は、試食と言うより『人体実験』感があった。

今回燈子先輩が作った子豚のバックリブ、フライドチキン風唐揚げ、ポテトサラダ、シーザーサラダ……ではなく、ヨートケーキとともに、味はかなり良かった。お店に出しても恥ずかしくないレベルだ。

俺も食べていて自然に笑顔になるし、それを見た燈子先輩の表情も満足そうだ。

食べ終わった俺は聞いた。

「これをXデーの料理として出すんですよね」

燈子先輩の顔が急に厳しくなる。

「そうね。だけどその前に一つ、やっておかないとならない事がある」

「なんですか、それは？」

「部長の中崎《なかざき》さんに、事前に話を通しておかないとならないの」

「中崎さんに？」俺は怪訝《けげん》に思った。

サークルの部長である中崎淳平《じゅんぺい》さんはしっかりとした頼りがいのある人だが、鴨倉哲《かもくらてつ》也《や》とは高校時代からの友人で同じサッカー部だった。つまり『鴨倉サイドの人間』と言えるだろう。以前に本場インドカレーの店で会った時も、中崎さんは鴨倉と一緒にいた。

「中崎さんに言う必要はあるんですか？　だって中崎さんは高校時代からサッカー部で鴨倉先輩とは一緒の仲でしょう？　逆に計画が鴨倉先輩に漏れるんじゃないですか？」

燈子先輩も難しい顔をした。

「それはそうだけど……でも何かあったら哲也を抑えられるのは中崎さんくらいでしょ？　それに彼は物事を公平に見るし、曲がった事は大嫌いなの。スジはキチンと通す人よ。だからちゃんと話せばわかってくれると思う」

俺はしばらく考えた。

「わかりました。でもそれには俺も一緒に行きます。と言うより中崎さんに話をするのは、まず俺からにさせて下さい。燈子先輩は俺が呼んだら来て欲しいです」

こんな事、女性である燈子先輩の口からは言い出しづらいだろう。

「わかったわ」

燈子先輩は頷《うなず》くと、テーブルの上のお茶に手を伸ばした。

「これでいよいよ二人への報復が完了する訳ですね。あれから約二ヶ月になるんですね。

長いような短いような」

俺はそう言って伸びをするように上体を反らせた。いよいよ大詰めなのだ。

だが燈子先輩は「そうなるわね」とポツリと言っただけだった。その言葉には、どこか戸惑っているような、後悔しているような、そんなニュアンスを感じたのだ。

……もしかして燈子先輩、迷っているのか……？

静かにお茶を飲む彼女を見ながら、俺はそんな不安に囚《とら》われた。


燈子先輩の手料理試食会から二日後。クリスマス・イブまでは一週間を切った。

俺はサークルの部長である中崎さんを、大学から少し離れたファミレスに呼び出した。

約束の時間より十五分ほど遅れて、中崎さんは姿を現す。

「すまん、遅くなった」

「構いません。それより、ここに来る事は誰にも言わないでくれましたか？」

「ああ、オマエが『個人的な事で相談したい。他の人には聞かれたくない』ってメッセージに書いていたからな」

そう言って目の前の座席に座ると、中崎さんはホットコーヒーを注文した。

「で、話ってなんだ？」中崎さんの方から聞いて来た。

「俺が蜜本《みつもと》カレンと付き合っているのは知っていますよね？」

「そりゃあな、カレンは目立つ子だからな」

「じゃあ鴨倉先輩の交際している相手は？」

中崎さんは意外そうな顔をした。

「なんでここで鴨倉の名前が出てくるんだ？」

「すみません。後でちゃんと説明しますんで、俺の質問に答えてもらえますか？」

「桜島《さくらじま》燈子さんだろ。『陰のミス城都大《じょうとだい》』、ウチのサークルの女神様だ」

俺は黙って頷いた。

「じゃあ鴨倉先輩とカレンが、時々二人だけで会っている事は知っていますか？」

中崎さんが驚いた顔で俺を見る。

「おい、『二人で会っている』って、どういう意味だ？」

「そういう意味です。友達同士を越えた男女の関係って意味で」

「一色。おまえ、何を言って……」

そこでコーヒーが運ばれてきた。中崎さんは一瞬バツが悪そうな顔をしてウェイトレスを見る。ウェイトレスが立ち去った後、再び中崎さんが話しを続けた。

「いくら鴨倉でも、同じサークルの、しかも高校の後輩でもあるおまえの彼女に手を出すなんて……」

「信じられませんか？」

「証拠はあるんだろうな？」

俺はスマホを取り出し、一番最初に撮った『カレンと鴨倉のSNSのやり取り』を表示した。それを中崎さんに差し出す。

中崎さんはスマホを見て、目を剝《む》いた。

画面をゆっくりとスクロールさせて、画像一つ一つを見ていく。

「それだけじゃありません。二人が一緒に鴨倉先輩のアパートに入っていく場面も写真に撮っています」

中崎さんはしばらく無言でスマホを見ていたが、やがて呟《つぶや》いた。

「鴨倉のヤツ……燈子さんだっているっていうのに……なぜこんな事を……」

「信じてもらえましたか？」

中崎さんは俺にスマホを返した。

「それでおまえはどうしたいんだ？　鴨倉に『カレンとの浮気を止《や》めるように』と、俺に言って欲しいのか？」

「そうじゃありません」

「じゃあ何だ？」

「クリスマス・イブのパーティで、みんなの前で二人にこの事実を突きつけます」

それを聞いた中崎さんは慌てた。

「ちょっと待て、一色。それは考え直せ。大騒ぎになる」

「そうでしょうね」

「そもそも、それを公表されたら燈子さんはどう思う？　彼女の気持ちは考えたのか？」

「燈子先輩なら、俺と同じ気持ちです」

そう言って俺は、奥の席に座っている女性に向けて手を上げた。そこにはサングラスをした女性が座っている。女性は席を立つと俺たちの方に近づき、俺の隣に座った。

サングラスを外す。燈子先輩だ。

「中崎さん。私も一色君と同じ考えです。こんな事を許す気はありません。よって私はクリスマス・イブの日に、みんなの前でこの事を公表して、哲也とは別れます」

「俺もです。ずっと俺を騙《だま》していたカレンを許すつもりはありません。みんなの前で二人の関係を暴露して、俺はカレンとは縁を切るつもりです」

「燈子さんまで……」

中崎さんは呆気《あっけ》に取られたように、俺と燈子先輩の顔を交互に見比べた。

やがて「ふ～」と深いタメ息をつく。

「どうやら、二人とも気持ちは固いようだな。俺が何か言う場面じゃなさそうだ」

俺と燈子先輩は同時に頷いた。

「それで二人が、俺にこの件を話したのは何故《なぜ》だ？　何か俺に役割を頼みたいんだろう？」

燈子先輩が再び頷いた。

「はい、中崎さんには、哲也が騒いだらそれを抑えて欲しいんです。みんなの前で二人の浮気を公表し、私が別れると宣言したら、哲也は何をしでかすかわからないので」

中崎さんはウンザリしたように頭を縦に振った。

「わかった。それとこの事は、他に誰か知っているのか？」

「ええ、私の親友の加納一美《かのうかずみ》と、一色君の親友である石田洋太《いしだようた》君が知っています。この二人には色々と相談もしていたので」

そこで俺が口を挟んだ。

「中崎さん、この件は絶対に誰にも口外しないで下さい。そうでないと、二人に言い逃れのチャンスを与えてしまいます」

だが中崎さんは難しい顔をして黙り込んだ。

その様子を見て、燈子先輩が身を乗り出した。

「お願いです。私たちは中崎さんを信用してお話ししたんです。サークル内でのイベントで公表するので、せめて部長である中崎さんには説明しておこうと思って」

さらに燈子先輩は続ける。

「本当は一色君は、中崎さんにも話す事に反対だったんです。でも私が『中崎さんなら信用できる。中崎さんはスジを通す人だから』と言って説得したんです！」

ここまで燈子先輩に言われては、中崎さんも「NO」とは言いにくかったのだろう。しかし即答もできないらしく「この件を口外しない事は約束する。だがパーティで公表する事については、少し考えさせてくれ」と険しい表情のまま言った。

そのまましばらく沈黙が流れる。三人ともが難しい顔で下を向いていた。

このままだと中崎さんの協力は得られないかもしれない。

俺はもう一押しが必要だと感じた。

「悪い、ちょっとトイレ」

中崎さんがそう言って席を立った。二人で話せるチャンスだ。

「俺も、コーヒー飲み過ぎたみたいなんで」

そう言って中崎さんの後を追う。

男子トイレで二人並んで生理現象を処理する。

「で、何の話があるんだ？」

ズボンのチャックを上げながら中崎さんがそう言った。

どうやら俺の意図を察していたらしい。

「はい、燈子先輩には聞かれたくなかったので」

「だろうな。言ってみろよ」

「鴨倉先輩が手を出しているのは、カレンだけじゃないみたいです。サークルの他の女性と一緒に、渋谷のラブホテル街に行くのを見ました」

　中崎さんがタメ息をついた。

「相手の女の子は誰か見たのか？」

「はい、あんまりサークルには顔を出さない人ですが。総合人間科学部の広田瑠美《ひろたるみ》さんという女性です」

　次の瞬間、中崎さんが驚いたように勢い良く俺を振り向いた。目を見開いている。

　そのあまりに大きなリアクションに、逆に俺の方がビックリしてしまった。

「それは……本当なのか？」

　中崎さんの声がしわがれている。

「はい、本当です。一緒にいた石田も見ています」

　俺は中崎さんの様子に気圧《けお》されながら、そう答えた。


　トイレから戻った俺たちはしばらくして店を出た。

　その間、中崎さんはずっと険しい顔をしていた。

　燈子先輩も何があったのか不安そうだったが、それを聞ける雰囲気ではなかった。

　中崎さんは別れ際に「今日の事については、後で連絡をする」と言って、俺たちに背を向けるようにして立ち去っていった。

その夜の事だ。深夜十二時、俺のスマホが鳴った。見ると中崎さんからだ。

「今日の一色の話、本当だったんだな。いま広田瑠美から聞いたよ」

スマホから流れた最初の音声がそれだった。

「えっ、広田さん本人に聞いたんですか？」

俺は意外に思った。広田さんってそんなにサークルメンバーと付き合いある人だっけ？

しかし中崎さんの次の言葉が、その疑問を解消してくれた。

「実はな、俺と広田瑠美は付き合っているんだよ。瑠美はサークル活動にはあまり熱心ではないし、俺たちが仲良くなったのも別の場所だからサークルの連中は知らないだろうが」

広田瑠美が中崎さんの彼女？　だが俺が驚いたのはソコではない。

「じゃあ鴨倉先輩は、中崎さんの彼女にまで手を出したって事ですか？」

鴨倉と中崎さんは高校時代からサッカー部で一緒だった仲だ。

鴨倉と唯一本音で話せる友人と言ってもいいくらいだ。

そんな大事な友人の彼女にまで手を出すなんて！

「そういう事になるな。もっともオマエと違って、その点では鴨倉を責められない。俺は瑠美との交際は秘密にしていたからな。鴨倉も瑠美が俺の彼女とは知らなかったはずだ」

中崎さんの声は憔悴《しょうすい》していた。その気持ちは俺にも痛いほどよく解る。

「でもな、鴨倉の行動もこれ以上放っておく事は出来ない。実は鴨倉がサークル内やバイト先で女子を喰《く》っているのは、これが初めてじゃないんだ。前にも何度か問題になっている」

そうだったのか。もうアイツの女癖の悪さには驚かないけど。

「俺も何度も注意したんだ。でも鴨倉は人の話を聞かないからな。それで今まで穏便に済ませて来た事が裏目に出たみたいだ」

そこで中崎さんは一度言葉を切った。

「だから俺はおまえ達の計画に賛成するよ。二人の思う通りにやってくれ」

決心したような言葉だった。それを無理やり吐き出すように言ってくれた。

「……ありがとうございます」中崎さんの気持ちを想《おも》うと、それしか言えなかった。

中崎さんは渋々といった様子で口を開いた。

「まぁ俺は積極的に協力は出来ないがな。でも鴨倉が騒ぎ出したらそれは俺が止める事は約束しよう。だけど一つだけ言っておくぞ。暴力沙汰にだけはしてくれるなよ。たとえ鴨倉から手を出したとしても、二人とも絶対にやり返すな。それだけは言っておくぞ」

「わかりました」俺はそう返答した。

だが……俺にはその約束を守れる自信は無かった。俺が殴られるのなら別に構わないが、燈子先輩に手を出そうとしたら、俺が身体《からだ》を張ってでも止めてみせる！

十三　炎上クリスマス

　十二月二十四日、運命のクリスマス・イブ。

　俺はカレンと一緒に、浜松町と竹芝の中間にある小さな多国籍料理の店に向かっていた。

　この店で今日、俺たちのサークルのクリスマス・パーティが開かれるのだ。店は貸切になっており、歩いてすぐの所に「ホテルベイ東京インターナショナル」がある。

「クリスマス・パーティでやるベストカップルの賞品、今回はかなり豪華なんだって！」

　カレンが浮かれた調子で言った。

「そうなんだ？」

　俺はそう返事をしたが、あまり感情が入ってなかったかもしれない。

　なぜなら俺は『パーティの最後に出される賞品が何か』を既に知っているからだ。

「楽しみだね〜。絶対、ゲットしようね！」

「そうだな、ゲットしたいな」

　口ではそう言いながら、俺はずっと別の事を考えていた。

　……パーティの席で、俺と燈子《とうこ》先輩は『鴨倉《かもくら》とカレンの浮気』を暴露するつもりだ。そして俺達はその場で二人に絶縁宣言をする……

それが俺と燈子先輩の計画……ともかくカッコを付けたがる鴨倉と、人一倍周囲から可愛《かわい》い娘《こ》と思われたいカレン。

この二人に対して、サークル全員の前でイメージをぶち壊して大恥をかかせる。

既に俺はカレンに対する想いは微塵《みじん》も無かった。

だから今日の計画を実行する事に何の躊躇《ちゅうちょ》もない。

だが俺には一つ不安があった。燈子先輩の事だ。

一週間前、燈子先輩の家で手料理の試食会があった日。

彼女は何か迷っているように見えた。

その後に中崎《なかざき》さんが協力してくれると連絡した時も「そうなんだ」と一言言っただけだった。

それ以来、今の段階においても燈子先輩からは何の連絡もない。

……燈子先輩は、どう思っているんだろう……

俺はその事が不安だった。もしかして鴨倉とヨリを戻すつもりなのだろうか。

以前、彼女は俺に「カレンが反省しているなら、交際を続けた方がいいのでは？」と言った事がある。あの時は否定していたが、やはりアレは燈子先輩自身の気持ちを口にしていたのではないか？

「優《ゆう》くん、優くん！」

カレンが俺の腕を引っ張った。

「え、あ、なに？」

「どうしたの、ボォ〜っとしちゃって」

「ボォ〜っとしてた？」

「してたよ。カレンが何度も話しかけているのにさ、なんか気の無い返事で」

「そうだった？　ゴメン。それで何の話だっけ？」

「今年は『秘密の暴露』は事前申告制じゃなくなったって話。いつでも好きな時に司会者に言ってOKを貰《もら》えば、前に出てみんなの前で秘密の暴露が出来るんだって」

「そうなんだ」

そう返事をしたが、その事も俺は知っていた。と言うよりそれも俺たちの計画だ。

去年までは『秘密の暴露タイム』があって、その時間内に希望者が次々に秘密を告白するという形式だった。だが今年は俺たちの『浮気の暴露と絶縁宣言』のタイミングのため、好きな時に『秘密の暴露』を出来るように変更したのだ。

「ウチのサークルはカップルが多いもんね。相手がいない人はパーティに来てもしょうがないいんじゃないかな。お一人様はお一人様同士で別にやればいいのに」

カレンが少し得意そうにそう言った。俺はそんな彼女を横目で見る。

女性陣の話を聞くと、カレンは色んな男子にベタベタする上に、彼氏のいない子に自分は彼氏がいる事でマウントを取ろうとするらしく、他女子に疎まれているようだった。

「このパーティには秘密の暴露があるんだから、それでカップルになる人も毎年いるんだろ。だから別にいいんじゃないか」

俺はカレンとその会話を続けたくないので、そう彼女をたしなめる。

すると急にカレンが俺の前に回りこんだ。思わず足を止める。

「どうした？」

「優くん、最近、女の子達に話しかけられて調子に乗ってない？」

カレンは上目遣いに俺を睨《にら》んだ。

「そんなつもりはないよ」

「だってこの前の追いコン・キャンプの時だって、カレンを放っておいて他の女子と楽しそうに話していたでしょ」

「別に普通に話していただけだろ」

「いーや、楽しそうにしてた！　しかもデレデレしながら！　カレンが頼んでも無視してるし」

……おまえ、『自分の分の料理を先に出せ』『飲み物を持ってこい！』『疲れたからイス出して！』って要求を、すぐに聞かなかった事が『無視した事』になるのか……？

カレンの浮気が発覚する前までは、こういうワガママも可愛いと思えたが、今となっては嫌悪感しか湧いてこない。

俺は腹立たしさを抑えながら言った。

「そんな事ないよ。でもカレンがそう感じたのならゴメンな」

「最近はさ、カレンに隠れて他の女子のプログラミングの課題とかやってあげてるみたいだし」

「隠してはいないよ。ちゃんと話しただろ」

さらにカレンは目を細めて俺を睨む。

「それにさ、優くん、燈子先輩と何かあった？」

思わずギョッとした。辛うじて表情が変わる事だけは堪《こら》える。

俺はキャンパス内では燈子先輩とはほとんど口を利かないし、カレンの前で燈子先輩の名前を口にした事もない。

……コイツ、何か感づいているのか……？

「なに言ってんだよ。燈子先輩だろ？　何もある訳ないじゃないか」

俺は平静を装って答えた。

「そう？　でもさ、燈子先輩って、最近よく優くんの事を見ているんだよね。今までそんな事は無かったのに」

……燈子先輩が俺を見ていた……？

俺はそんな様子は全く気が付かなかったが。

そもそもそんな『他人の視線』なんて微妙なモノに、注意するもんだろうか？

「そんなこと無いだろ。カレンの気にしすぎだよ。相手はあの燈子先輩だぞ。俺になんか興味持つ訳ないだろ」

するとカレンはクルリと前を向き、再び歩き出した。

「それならいいんだけどさ。でも一つだけ言っておくね。カレンは、燈子先輩が大ッ嫌いだから。優くんも燈子先輩とはあんまり話さないで！」


会場であるレストランに入る。

開始時間は午後六時からだが、その手伝いのために一時間前に会場に入った。

料理はバイキング形式の立食パーティーだ。

何人かの女性陣が、持ち込みさせて貰った手料理やデザートを並べている。

さすがに持ち込みにまでレストランの食器は使えないので、やはり持参した食器やトレイに並べた。レストランの料理の横にテーブルを出して貰い、そこに卓上コンロを載せて手作り料理を並べる。

ふと見ると、俺の横に一美《かずみ》さんが来ていた。

周囲を素早く窺《うかが》う。

カレンは離れた所で、他の男子と話している。

さっきから話に夢中で、手伝いはほとんどやっていない。

「タイミングはパーティの最後だから。わかっているよな?」

一美さんがそう呟《つぶや》く。

「『ベスト・カップル』の時ですね」

俺がそう言うと一美さんは頷《うなず》いた。

「燈子が君を呼んだら、前に出るんだ。そこで……」

「了解です」俺は短く答えた。

「みんな、今日は集まってくれてアリガト〜! 年末最後のイベントだ、恋人同士もおひとり様も、みんなで一緒に盛り上がろうぜ! 最後にはドッキリ的サプライズもあるかもしれないよ!」

一美さんがマイクを手に叫んだ。クリスマス・パーティの開始だ!

みんながどっと笑う。野次《やじ》っぽいのも飛んだが。

クリスマス・パーティの司会は一美さんだ。

二年生の秋からの途中参加であるにもかかわらず、一美さんは持ち前の明るさと積極性、人見知りしない性格のお陰で、既にサークルでの中心人物の一人になっていた。

その横で司会進行を見守るのがサークルの部長である中崎さんだが、彼は警戒心を秘めた強い顔つきをしている。

もっともこれから先に起こるであろう事を考えれば、部長としては心配になるのは当然だ。

元々ウチのサークルはカップルが多い。ちなみに恋人がサークル外の人でも、このパーティは参加可能だ。それと現在は恋人同士でなくても、臨時でペアになる事もＯＫだ。

簡単に言えば、米国の高校などで催される『プロム』みたいなものだ。

カップルの中でも一番目立っていたのは、やはり鴨倉と燈子先輩のペアだ。

鴨倉はレザー・ジャケットと細身のジーンズ、そして白い長袖Ｔシャツというラフ目な格好だが、やはりカッコ良く着こなしている。

燈子先輩は薄手の白いモヘアのセーターに、ウエストは背中に大きなリボンを着けた帯ベルトで締め、ボトムは膝ギリギリの紺色のプリーツスカートだ。その上にベージュのボレロを羽織っている。キュッと締まったウエストと、薄手のセーターで強調されるバストの豊かさ、そしてプリーツスカートの下から伸びるスラリとした脚。

燈子先輩のスタイルの良さが見事に表れている装いだ。

そして多くの男子学生が彼女に話しかけている。

燈子先輩はその誰にも満遍なく、笑顔で接していた。そんな燈子先輩に、鴨倉が「俺の女だ」と強調するがごとく、彼女の肩に手を回して抱きしめるように話す。

……今に見ていろ。そうやって浮かれていられるのも、今の内だ……

「優くん、どこ見てるの？」

いつの間にか横に来ていたカレンが聞いて来た。

「いや、別に。どこって訳じゃないけど」

「燈子先輩を見てたんでしょ」

俺は返事をしなかった。

「燈子先輩って、ああやっていつも男に媚《こび》売ってるんだよね」

「燈子先輩がか？」

『男に媚を売っているのはオマエだろう』と胸の中でツッコミを入れる。

「そうだよ。男にはわかんないだろうけどさ。ああやって『自分は男なんか興味ありません』って顔して、さりげなく胸とか強調する服を着て、男の視線を意識してるんだよ。気取った感じでお嬢様っぽく振舞っているのも、男受けを狙っているんだよね。バレバレだっつーの！　本当に見ててイラつくよ！」

今日のカレンはやけに燈子先輩に敵意を剝《む》き出しにしている。

その理由には心当たりがあった。

パーティの最後に行われる『ベスト・カップル投票』だ。

そして選ばれた『パーティで一番のベスト・カップル』に対しては、豪華な賞品が与えられる。そのベスト・カップルに選ばれるのは、燈子先輩と鴨倉に間違いないだろう。

コイツはそれが気に入らないに違いない。

カレンが俺の左腕を強く摑《つか》んだ。

「あの人たちには負けたくないね、絶対！」

カレンの瞳には、正面ライトが鬼火のように反射して見えた。


会場のそこかしこで、男女様々なグループが楽しそうに会話を繰り広げている。

大きな笑い声や歓声も沸き起こる。けっこうみんな楽しんでいるようだ。

そんな中で、時折ブザーが鳴る。『秘密の暴露』タイムだ！

会場の前に出た告白者、通称『暴露マン』が司会の一美さんからマイクを受け取る。

彼らの『秘密の暴露』は大抵がパーティを盛り上げる一発ギャグに近い。

「最後に寝小便をしたのは小学校三年生だった！」

「実はＳＮＳでネカマをやっていたら、シツコク交際を迫る男がいて困ってまぁ～す！」

「夏休みに海で男子高校生にナンパされて、年齢ごまかして付き合ってます！」

とまぁ、こんな感じだ。

ちなみに今年の愛の告白は全部で二件。成功が一で失敗が一だ。

だが今年の超ド級『秘密の暴露』はラストにある事を、みんなもあの二人もまだ知らない。

会場の食事もだいぶ少なくなって来た。

ちなみに燈子先輩が持って来た『子豚のバックリブ』『フライドチキン風ガーリック唐揚げ』『ポテトサラダ』『ショートケーキ』は非常に好評だった。

彼女の練習料理の試食係だった俺としても、何か嬉《うれ》しい。

最後のバックリブを取りに行った時、そこには石田《いしだ》が居た。

「いよいよだな」

石田が小声で話しかけてくる。

「ああ、もうしばらくしたら『ベスト・カップル』の投票が始まるからな」

「ここまでは計画通りだが……問題はこの後だよな」

「ああ」

石田はちょっと間を置いてから、俺の耳元に口を寄せた。

「ところで『例のアレ』、どうなっているんだ？」

「例のあれ？」

俺は最初、石田の言っている意味が解らなかった。

「ホラ、前に話していたヤツだよ。『燈子先輩が浮気するとしたら、鴨倉先輩に浮気の証拠を突きつけて交際終了を告げた後』だって話」

「いや、だからアレは俺の想像に過ぎないって言っただろ。別に燈子先輩がそのつもりって訳じゃ……」

「でもソレって、最初に燈子先輩自身が言ったんだろ？」

「それはそうだけど……でもすぐに否定していたんだ。浮気についてはな」

「だけどそうする事が、鴨倉先輩にとって最もショッキングな振り方になるよな？」

俺は沈黙した。確かにそれはそうだ。だけど……

石田がさらに先を続ける。

「実は気になっている事があるんだ。賞品の宿泊券だが、アレってそのためじゃないのか？」

「えっ？」思わず俺は石田を凝視する。

ベスト・カップルの賞品は『ホテルベイ東京インターナショナルの宿泊券』だ。

この事は一美さん経由で鴨倉にも伝えてある。

そして鴨倉は今夜、燈子先輩と一緒にホテルに泊まる事をかなり期待していると言うのだ。

だがパーティの最後で燈子先輩は鴨倉に『交際終了宣言』をして、その期待を打ち砕く。

ホテルの宿泊券は燈子先輩と一美さんの女子二人で仲良くお泊りに使われる、という筋書きになっているのだ。俺たちはそこで鴨倉のアホ面が拝めるって寸法だ。

「まさかと思うが、燈子先輩は実は誰か他の男と行くつもりじゃないよな？」

「そんなバカな！　だってあれは一美さんと泊まるって話だったろ」

「俺たちの前ではそう言ったさ。だけど鴨倉に一撃を喰《く》らわすなら、男と行った方がダメージが大きいだろ？」

俺は顔を背けたが、石田がさらに声を潜めて言った。

「他に、誰かアテはあるのかな？」

『アテ』、つまり俺以外で、燈子先輩が今夜を一緒に過ごす相手の事か。

実は……それは俺も考えないではなかった。

別に『鴨倉を振った直後に一夜を共にする相手』は、俺でなくてもいい訳だ。

もし燈子先輩が以前から気になっている相手がいれば……

さらに言えば燈子先輩に言い寄った事のある男は多い。このサークルにも何人かいるし、部長の中崎さんも一度告白して断られたって噂《うわさ》だ。ＯＢの中にも燈子先輩を狙っている人がいたし、同じ学科で二年にも、燈子先輩と割りと仲が良い男子学生がいるはずだ。

ただその誰とも、燈子先輩は個人的な接触は持っていないと聞いている。

燈子先輩をデートに誘う事に成功したのは、唯一鴨倉だけらしい。

俺はその意味では二番目という事になる。

「俺は知らないが、まったくいないという事も無いだろう」

するとと石田はガッカリしたように言った。

「そうだよな。別にこのサークル内だけが、燈子先輩に言い寄る男の全てじゃないだろうしな。学科の男友達、中学高校時代の知り合い、バイト先の仲間。燈子先輩なら出会いなんていくらでもあるだろうからな」

俺は急激に不安に囚《とら》われていった。

もしそんな事になったら……俺はこの地球上の全ての女が信じられなくなりそうだ。


パーティも終盤に近づいて来た。

最後に、それぞれのカップルが『自分達に投票して貰《もら》えるよう、自己アピール』をする。

十二組のカップルがそれぞれ一言スピーチをした。

意外な事に、ここに『石田と一美さん』がペアとして名乗り出ていた。

しかもスピーチする一美さんは堂々と――

「アタシさぁ、ここでは臨時で石田君とペアになってるけど、本当はフリーだから。だから素敵な男子のアプローチ、待ってるぜ。ヨロシク！」

と言って会場を沸かせていた。

まぁこのパーティのカップルは恋人同士と決まっている訳じゃないので、別に構わないが。

そして俺達の番が来た。一言スピーチなので、全てカレンに任せる。

「ハ〜イ！　メリー・クリスマス！　今日はみんなハッピーだよね〜。恋人がいればハッピーだし、恋人いなくても友達がいればハッピー！　でね、クリスマスくらいはいつもと同じ感じじゃなく、意外性って欲しいよね？　だから今日は楽しいカップルを応援しようよ！　それでカレン達に投票してくれるとウレシイな！　そんな感じで、みんなヨロシクね〜」

カレンのスピーチは一部の男子からは評判が良かったようだが、女子の大半が白けた感じで彼女を見ていた。俺はカレンの背後から、会場全体の様子を眺める。

……この調子だと、一部の男子はともかく、ほとんどの女子はカレンには同情しないだろうな……

なんか『元カレ』としては、少し複雑な感じもしたが、これも自業自得だろう。

最後は大御所である、鴨倉と燈子先輩のカップルだ。

鴨倉がマイクの前に立っただけで、一部の女子から「鴨倉せんぱ〜い！」という黄色い歓声が飛んだ。確かに長身細身でライトを浴びてマイクの前に立つ鴨倉は、まるでアイドルかスターのようだ。

「メリー・クリスマス！　今日はサークル・メンバーのほとんどが集まって楽しかった！　今夜のラスト・イベントだ。みんな何も言わずに投票用紙には『鴨倉哲也《てつや》と桜島《さくらじま》燈子』

と書いてくれ！　最後に一言言うと『カップルには二種類しかない。俺のカップルか、それ以外のカップルか』だ！」

どっかで聞いたようなセリフを吐きやがって。

俺はここがレストランでなければ、ツバを吐いていた所だ。

だが会場はけっこう沸いていた。やはり鴨倉は人気者ということだろう。

一方でカレンは、不満そうに頬《ほお》を膨らませて正面を見ている。

カレンの視線の先には燈子先輩がいた。

その燈子先輩はと言うと……

伏し目がちに両手を腰の前で組んで床を見つめている。

何かを考えている？　いや、何かに迷っているような……

……まさか、燈子先輩……

俺の心の中で、不安がさらに強く沸き起こっていた。

『ベスト・カップル』への全員の投票が終わった。

それぞれが入場時に渡された一人一枚の投票用紙に、『ベスト・カップル』と思われるペアを一位から三位まで記入するのだ。

「それでは、集計が終わりました！」

一美さんが再びマイクを持つ。

「それじゃあ四位と五位のペアから発表するよ。名前を呼ばれた人は、前に出てください」

「五位から発表すんの？」

会場から疑問の声が出た。

俺も不思議に思った。だが一美さんはそんな事は気にしない。

「まず第五位。一色《いっしき》優君と蜜本《みつもと》カレンさんのカップル！」

俺とカレンが五位？

事前の『カレンに対する女子への不評』を考えると、よく五位に入ったな。

もっとも全部でカップルは十二組だから、半分程度なら入ってもおかしくないかもしれないが。

「最近の一色君は女子メンバーに人気があるからね～。それが得票に影響したみたいだよ。賞品はテディ・ベアのぬいぐるみ！」

一美さんはそう言って俺達にぬいぐるみを手渡した。

それをカレンが受け取る。しかし表情は不満そうだ。

プレゼントを受け取った俺達は、そのまま前方の右脇に並ばされる。

四位は二年生同士のカップルだ。賞品はペアのマグカップ。一応有名なブランドらしい。

さらに一美さんの発表は続く。

「それでは第三位！　お～っと、これは大番狂わせだ！　見ているアタシが信じられない！」

　一美さんは集計係から渡されたメモを掲げた。

「アタシと石田君のペアだぁ～！」

　会場がドッと沸いた。

「それじゃあ石田君、前に出て来て。賞品は図書カード三千円分！」

　石田が照れ笑いをしながら前に出てくる。

　一美さんが賞品を渡しながら言った。

「これ、半分はアタシの取り分だから、一人でパクるなよ！」

　そう言うと、また会場のみんなが笑った。

　第二位は『サークル内で落ち着いたカップル』として定評のある三年生同士のカップルだった。この二人がベスト・カップルに選ばれてもおかしくない感じだ。

「さて注目の第一位は……」

　一美さんがもったいぶって間を置いた。

「鴨倉哲也さんと桜島燈子のペアだぁ！」

　そう言って二人を掌《てのひら》で指し示す。

周囲から「やっぱな」「だよなぁ」という、諦めとも賞賛ともつかない声が聞えた。

「お二人とも、どうぞ前へ」

そう言われて鴨倉が、それに続いて俯《うつむ》き加減の燈子先輩が前に出た。

「一位の賞品は、東京湾の夜景が一望できる『ホテルベイ東京インターナショナル』の本日の宿泊券です！」

一美さんが宿泊券の入ったチケットを頭上に高く差し上げると、会場内がざわついた。

「え、じゃあ」

「これから二人でホテル直行ってこと？」

「うわ、露骨」

「性夜か？」

「ああ、燈子先輩が……」

「クソッ、爆発しろ！」

「羨ましい」

「え～、いいなぁ」

「私もイケメンとホテルでクリスマスしたい」

「夜景を見ながらイブを二人でか。理想じゃん」

様々な声が聞える。

前に出た鴨倉は『勝利の笑み』を浮かべながら、一美さんから宿泊券を受け取ろうと手を差し出した。

ところが一美さんは封筒をヒラヒラさせながら、それを渡そうとしない。

「ところでさぁ、鴨倉さん。このホテルの宿泊券、どう使うの？」

鴨倉はちょっと驚いた表情をしたが、苦笑しながら答えた。

「まぁ燈子と一緒に泊まらせてもらうよ」

すると一美さんは目を閉じると、人差し指を立てて左右に振った。

「チッチッチ！　ダメだねぇ、鴨倉さん。それじゃあ、このサークル一のイケメンっぽくないよ。クリスマス・イブに彼女をホテルに引っ張り込むなんて、そこらの男のやる事だろ？　後輩の手前、それじゃあカッコつかないいんじゃない？」

「じゃあどうすればいいんだ？」

「この宿泊券、二枚とも燈子に譲りなよ。今日は二人にとって記念すべき夜になるんだ。そんな日くらい、彼女に主導権を渡してやってもいいんじゃないか？」

鴨倉はしばらく一美さんを見つめていたが……

「まぁ、結果は変わらないからな。いいよ、燈子に譲ろう」

と言って一歩後ろに下がった。

代わりに燈子先輩が一美さんの前に出る。

「さすが鴨倉さん。男だねぇ」一美さんはニヤリと笑った。

「ということで、この宿泊券は二枚とも燈子に贈られる事になりました。みなさん、盛大な拍手を！」

そう言って宿泊券を燈子先輩に手渡す。

みんな何となく、気の無い感じで拍手した。

「ところで燈子、確かみんなの前で言いたい事があるんだよね？」

そう言って一美さんが燈子先輩にマイクを渡す。

燈子先輩は黙ってマイクを受け取った。

その展開にみんな「何が始まるのか？」と興味を持って彼女を見つめる。

燈子先輩はしばらく俯いていたが、やがて顔を上げた。

「みんなに、聞いて貰いたい事があるの」

そして俺の方を見た。

「一色君、こっちに来て」

一瞬、時が止まったような雰囲気になる。

チラッとカレンを見ると、『意味不明』といった顔つきをしている。

「な、なんで、優くんが？」

そう言って驚くカレンを無視して、俺は燈子先輩の方へ歩み寄った。

燈子先輩と並んでみんなの前に立つ。

燈子先輩が再び口を開いた。

「私、桜島燈子は、本日この時点で、鴨倉哲也との交際を解消する事を宣言します」


会場が一瞬、し〜んとなった。

横目で見ると、鴨倉でさえ目を丸くして唖然《あぜん》としている。

その隙に燈子先輩が俺にマイクを渡した。

マイクを受け取った俺もハッキリと言った。

「俺、一色優も、本日この時点をもって、蜜本カレンとの交際を終了し、縁を切る事を宣言します！」

俺のその言葉を聞いて、それまで静まり返っていた会場が、ざわつき始めた。

「ちょ、ちょっと、何を言ってんだ」

「どうしたんだ、あの二人」

「なにが起こった？」

「どうしてこの場で？」

アチコチで異口同音に同じような疑問の声が囁《ささや》かれる。

そこで初めて鴨倉が動きを見せた。

「おい、燈子。おまえ、何を言ってるんだ！」

そう言って燈子先輩に近寄ろうとした時……

「近寄らないで！」

燈子先輩の厳しい言葉がその動きを止めた。

「哲也、アナタ、自分が何をしたかわかっているの？」

鴨倉はうろたえながらも言い返した。

「な、なんだ？　俺が何をしたって言うんだ？」

「それを燈子先輩に言わせる気ですか？　鴨倉先輩」

そう口にしたのは俺だ。

「なに？」

「女性である燈子先輩に全てを言わせる気ですか、と言ったんです」

「な、なんの事だ？」

「じゃあ俺が代わりに言ってあげましょう。鴨倉さん、アンタは俺の彼女だった蜜本カレンと浮気してたんだっ！」

会場内がざわつく。

いや、どよめいた。

そして鴨倉の表情と動きが凍りつく。

だがそんな中、ヒステリックな金切り声が別の方向から響いた。

「ウソ、ウソ、ウソ！　カレン、そんなことしてない！」

俺はその声の方を振り返る。

そこには必死で訴える蜜本カレンの姿があった。

「カレン、浮気なんかしてない！　本当だよ、信じてっ！」

その必死に声を震わせて叫ぶ姿は、何も事情を知らないヤツなら信じてしまうだろう。

「ウソを言ってるのはオマエだ！　カレン！　俺はちゃんと証拠も持っているんだ！」

「証拠って何？」

この女、あくまでシラを切り通すつもりか？

「十月下旬の土曜日、カレンの誕生日だ。夕方までは俺と一緒にいたよな？　だがおまえはあの夜、誰とどこに居た？」

一瞬、カレンの目が泳ぐ。

「そ、そんなの知らない。覚えてないよ！」

「じゃあ俺が言ってやる。あの夜、オマエは鴨倉先輩のアパートに居たんだ。一晩中な。それは俺も燈子先輩も知っているんだ」

周囲から「え〜」という声が漏れた。

何人かの女子が非難の目でカレンを見る。

「違う！　そんな事ない！」

そしてカレンは憎しみの籠った目で燈子先輩を睨《にら》みつけた。

「優くんは、その女に騙《だま》されているんだよ！　カレンは知ってる。前からその女が優くんをチェックしていた事を！」

それを聞いて、俺の怒りは倍増した。

「俺を騙し続けていたのはカレン、オマエだろ！　あの夜、オマエが鴨倉先輩の部屋に二人で入ったところをな、俺と燈子先輩は見ていたんだよ！　写真もある！」

だがカレンは怯《ひる》まなかった。

「その時は、先輩の家でお茶飲んで帰っただけだよ！」

「何時間もお茶飲んでたのか？　終電も無くなった後まで！」

それまで迫真の演技を振るっていたカレンが、初めて動揺した。

「カレン、そんなつもりじゃなかった……お酒飲まされて。それで気が付いたら……そんな事に……そう、無理やりだったの！　カレンのせいじゃない！　カレンは悪くないっ！」

コイツ、なんて事を！

そう思ったのと同時に、鴨倉が叫んだ。

「おまえ、何を言って！」

だが俺は鴨倉を無視してカレンに向かって言った。

「見苦しいマネはやめろ！　他にも証拠があるんだよ！　オマエと鴨倉のＳＮＳのやり取りがな！」

俺はスマホにカレンと鴨倉のやり取りを表示させ、それをカレンに突きつけた。

それを見て、カレンの顔色が変わる。

同様にそれを見ていた女子達が、口々にカレンを非難し始めた。

「あれって」

「間違いないよ」

「本当に鴨倉さんと浮気……」

「ヒドイ、ずっと一色君を騙していたの？」

「それであの態度って」

「信じられない！」

「人としてありえないよ」

それらの声を聞いたのか、聞いていないのか。

カレンは見る見る内に、表情を一変させていった。

そして先ほどまでとは、声色さえ変えて叫ぶ。

「なに勝手に人のスマホ見てんだよ！　最っ低ー！　信じられない！　オマエのやってる事の方が最低じゃんよ！　ストーカー男！　キモッ、キモ過ぎ！　死ねよ！」

カレンはそれまでの『ぶりっこ』『可哀《かわい》そうな犠牲者』の仮面を脱ぎ捨て、その本性のままに夜叉《やしゃ》の形相で叫んだ。

「だいたいな、アンタだって燈子と浮気してたんだろうが！　全部わかってんだよ！　だからアタシも仕返しで浮気しただけなんだよ！　悪いのはソッチじゃん！」

もはやカレンの言っている事は支離滅裂だ。

「それは違うぞ」そう言って遮ったのは一美さんだ。

「燈子はあくまで『アンタら二人の浮気の証拠』を摑《つか》むために、一色君と会っていただけだ。それはアタシが保証するぜ」

「そうだ。俺は一番最初にカレンちゃんの浮気を優に相談された。それから優は、燈子先輩と相談のために会っていただけだ。それまで二人に接点なんて無かった。優と燈子先輩が浮気したなんて事は絶対にない！」

石田も一美さんに続いて、そう言い放つ。

「カレン！　あんた、いい加減にしなよ！」

そう怒鳴ったのは美奈《みな》さんだ。

「そうだよ。アンタが一色君を裏切ったのは明白じゃん！　それなのに謝るどころか逆切れするなんて！」

続けて叫んだのは綾香《あやか》さんだった。

他の女子も口々にカレンを非難し始める。

だがカレンは彼女達もギロッと睨むと、吠《ほ》えるように喚《わめ》いた。

「ざっけんな！　クソ共！　キモイんだよ！　オマエラだって色んな男に色目使ってんだろうが！　キモッ、キモい！　こんな所、いられっか！　バ〜カ！　死ね！」

カレンはそう言いながら、自分の荷物を手に取ると、荒々しく店を出て行った。

……最後まで、反省も謝罪もない、本当に最低の女だったな……。

……あんな女を『彼女』だと思っていたなんて。俺が愚かだったとしか言い様がない。

それまで黙って事の成り行きを見守っていた燈子先輩が口を開いた。

「これで全てわかったでしょう、哲也」

静かに、諭すように語り掛ける。

「私はアナタと別れる。もう恋人関係は解消よ。お互い見知らぬ存在に戻りましょう」

燈子先輩のその言葉に、会場中が静まり返った。

誰も口を開く者はいない。息をするのも苦しいような沈黙が漂う。

やがて「ふふ、ハハハ」という乾いた笑い声が聞えた。鴨倉だ。

「なに言ってんだよ、燈子。俺と別れるとか冗談にしても程があるぜ。これはドッキリか何かのつもりか？」

鴨倉は右手で前髪をかき揚げながら、芝居じみたポーズを取った。

だが燈子先輩は悲しげに首を左右に振った。

「ドッキリなんかじゃないわ。本気よ。私は本当にアナタとは別れるの」

「おいおい、待てよ燈子。少し冷静になれ。俺以外にオマエに釣り合う男なんていないだろ？　俺と別れたら後悔するぜ」

だが燈子先輩は冷たい目で鴨倉を見ただけだった。

鴨倉の作った笑顔が引き攣《つ》る。

「カレンとの事がそんなに気になるのか？　だったら謝るよ。だけど男の浮気なんて、そんな大した事じゃないだろ？」

燈子先輩の冷たかった目に、チラリと感情が走る。

それは怒りか、それとも悲しみか？

「大した事じゃない？　そう、哲也。アナタにとっては『大した事』ではないのね？　それで私と一色君が、どれほど苦しくて傷ついたのか、どれほど悲しい思いをしたか。それでもアナタにとっては『大した事じゃない』の一言で片づけられる事なのね？」

鴨倉の目が左右に泳ぐ。だがすぐに苦笑いを作った。

「だから待てって燈子。一時の感情に流されるな。カレンとの事はただの遊び……」

「そんな言葉で誤魔化《ごまか》せると思わないで！　それがどれほど人を侮辱した言葉かわかって

いるの？」

燈子先輩はピシャリと言った。

「哲也は、他人の心がわかっていない。ううん、考えようとしていない。だからそんな事が簡単に出来るのよ。そんな人を恋人だなんて、私は思えない」

鴨倉の顔から作った笑みが消えた。一歩、燈子先輩に向かって踏み出す。

「燈子、俺が本気なのはオマエだけだ。わかるだろ？　だからそんな意地を張らずに……」

「意地なんかじゃない。哲也にはわからないかしら？　私はもう、アナタと付き合っていく事は考えられないのよ」

鴨倉の顔が歪《ゆが》んだ。ついにヤツの虚勢が崩れたのだ。

「ダメだ！　オマエは俺のモノだ！　一方的に別れるなんて、そんな事は絶対に許さない！」

鴨倉が燈子先輩に詰め寄ろうとした。

だがその前に、素早く俺が鴨倉の前に立ちはだかる。

「どけ！　一色！」

「どかない！　アンタこそ燈子先輩から離れろ！」

「そうか一色、オマエが燈子に!!」

鴨倉の右拳が俺の左頰《ほお》を直撃した。

一瞬身体《からだ》がぐらつくが、俺は怯まず鴨倉の身体を押さえた。俺と鴨倉の揉《も》み合いになる。

だがすぐに中崎さんが背後から鴨倉を羽交い締めにした。

「やめろ、鴨倉！」

「中崎！　おまえまで、コイツラの味方をするのか！」

そう言って俺と中崎さんの手を振《ふ》り解《ほど》こうとする。

だが正面から俺、背後から中崎さんに押さえられた状態では、それは不可能だ。

鴨倉は歯ぎしりをするような表情で、燈子先輩に叫んだ。

「燈子！　オマエはコイツに、一色に騙されているんだ！」

だがその言葉に燈子先輩は、再び悲しげに首を左右に振った。

「さっきのカレンさんのセリフと同じじゃない。哲也、最後にそんな失望させるような事を言わないで」

「俺と別れて、こんなヤツと付き合うつもりか？　一色なんて何の取柄もない、モブ同然のヤツと！」

その時、視界に入った燈子先輩の目がキラッと鋭く光ったような気がした。

さらに鴨倉がわめき続ける。

「オマエに釣り合う男は俺だけだ！　オマエはそこらの男と一緒になっていいような女じゃない！　一色みたいな雑魚が釣り合う訳がない！」

今度はハッキリと、燈子先輩の目が厳しさを増した。

「カレンでさえ言っていたんだぞ！『一色はツマラない、男として魅力が無い、色んな意味で女性経験が無さ過ぎる』ってな！　そんな男に……」

「もう黙って！　哲也！」

燈子先輩が叫ぶように言った。

俺は彼女が大声を出すのを初めて聞いた。

おそらく鴨倉も、燈子先輩のそんな様子を目にしたのは初めてだったのだろう。一瞬呆《ぼう》然《ぜん》としていた。

会場の時間が凍り付いたかのような中、燈子先輩はツカツカと俺に近寄った。

そうして俺の腕を摑むと、鴨倉から引き離すようにグイッと引っ張った。

燈子先輩は俺の腕をしっかりと胸に抱えると、震える声でだがハッキリと言ったのだ。

「今日の夜は、ここに居る一色君と過ごすわ……」

『一色君と過ごす』

その言葉に、会場はさらに静まり返った。

そしてその発言は……内心期待していたはずの俺でさえ、信じられない言葉だった。

俺も全身を硬直させて彼女を見つめていた。

燈子先輩の言葉を呆《ほう》けたように聞いていた鴨倉が、やっと、辛うじて、口を動かした。

「そんな……ウソ、だろ？」

しかし燈子先輩は宣言するように言った。

「本当よ。もう決心したの」

「俺と別れて……こんなヤツと？　……一色なんかと？」

「一色君は誠実よ。少なくとも私に嘘《うそ》は言ってないわ」

静かに、そして淡々とそう告げる。

鴨倉は俺に憎しみの目を向けた。そして叫ぶ。

「オマエが、オマエなんかが、燈子に釣り合うもんか！」

だが俺はそれにキッパリと言い返した。

「そんな事はわかってる！　だけどアンタがカレンと浮気している間、俺はずっと燈子先輩と一緒に戦って来た。互いに、苦しい気持ちを抱えて支え合って来たんだ！　アンタこそ燈子先輩にはふさわしくない！」

「ふざけるな！　そもそも、その宿泊チケットは、俺と燈子に贈られたものだ。他の男と行くなんて許される訳がない！」

「それは違うぞ、鴨倉さん！」

それをハッキリと否定したのは一美さんだ。

「アンタはさっき同意して、このチケットを二枚とも燈子に譲ったんだ。それをどう使うかは燈子の自由だ！」

「ダメだ、絶対にダメだ！　燈子は俺の！　俺だけの！」

そう言って鴨倉は再び中崎さんを振り解こうと暴れた。

しかし中崎さんも押さえたその腕を緩めない。

「止《や》めろ、鴨倉！　もう燈子さんの気持ちはオマエから離れたんだ！　諦めろ！」

それと同時に、会場から一斉にブーイングが起こる。

「そうだ、燈子さんから離れろ！」

「アンタが悪いんだろう。鴨倉さん！」

「後輩の彼女を寝取るなんて最低だ！」

「自業自得だろうが！」

「アンタ、他の女にも手を出していただろ！」

「見苦しいぞ、鴨倉！」

「なんでカレンなんかと！」

「私にも『好きだ、俺たちは気が合う』って言ってたのに！」

「私も誘われたよ！　カレンと同レベルってこと？」

「幻滅しました！」

「イヤらしい！」

男女問わず激しい非難の声が、鴨倉に集中砲火を浴びせる。

それらの声を聞いた鴨倉は、観念したかのようにグッタリとした。

「……燈子……」力なくそう呟《つぶや》いた。

そんな鴨倉から、燈子先輩は目を背けるようにすると、

「行きましょう。一色君」

そう言って俺の腕を引っ張った。そのまま出口に向かう。

そんな俺達二人の行く手を、会場のみんなが割けて道を作った。

「燈子！」鴨倉が叫んだ。

だが燈子先輩はもう、彼の方を振り返る事もしなかった。

出口近くで彼女は自分の荷物を取る。俺もそれに合わせて荷物を手にした。

再び俺の腕を摑《つか》んだ燈子先輩は、出口の前で、後ろを振り向かずにこう言った。

「哲也も、もっと素直になった方がいいと思うわ。私たち、そこがダメだったのかも」

燈子先輩はそう言い残すと、そのまま俺と一緒に店を出ていった。

十四　ファイナル・ステージ

燈子《とうこ》先輩は俺の手を引っ張ったまま店を出ると、ずんずんと夜道を歩いていく。

まるで全てに対して怒っているかのようだ。

俺がそう声を掛けても、返事もしないし振り返りもしない。

「あ、あの、燈子先輩……」

ただ俺の手を引いて先を歩いていく。

俺はその燈子先輩らしからぬ様子に気圧《けお》されて、それ以上は何も言えなくなった。

……燈子先輩、どうしたんだ？　このまま本当に俺と一夜を共に……？

俺の中には期待というより、何か不安のようなものが込み上げていた。

確かに以前、燈子先輩は「私が浮気をするとすれば、それは相手に浮気の証拠を突きつけた後」と言っていた。

そして今夜、サークルのメンバー全員の前で、彼女は鴨倉《かもくら》に対して『交際終了宣言』をしたのだ。

だから燈子先輩が、どこで、誰と一夜を過ごそうと問題はない。

そして俺自身、『燈子先輩にその時に選ばれる相手』になりたいと、内心思っていたのだ。

でも何だろう、この違和感は？

これが俺が思っていた『燈子先輩との一夜』だろうか？

そりゃあ『浮気への報復』が元だから、そんなにロマンチックな展開にはならないかもしれないが、あまりに何かが違うような気がする。

しかし燈子先輩はそんな迷いなど無いかのように、俺の手を引いて先を歩いていく。

と言うより、むしろ『迷いを断ち切る』ようにしているのか？

やがて目の前に『ホテルベイ東京インターナショナル』が見えてきた。

燈子先輩は変わらぬ足取りで、ホテルの明るいロビーに入って行く。

そしてフロントの前まで来ると、初めて俺の手を放して一人で宿泊の受付をしていった。

その間、俺はただ役立たずのように立ち尽くしていた。

もっとも宿泊券は燈子先輩が持っているんだから、俺に出来る事は無いんだが……

フロントでキーを受け取った燈子先輩は、再び黙って俺の手を握るとエレベーターに乗り込んだ。

なんか完全に俺が連れ込まれている感じだ。

周囲の人には、俺たちはどんな風に見えているんだろう。

十二階でエレベーターを降りる。豪華な廊下を抜けて指定された部屋の前まで来ると、彼女はカードキーを使って部屋のドアを開けた。

　俺の心臓がドキドキと早鐘を打つ。

　……燈子先輩、本当に俺と、今夜……

　俺はこの場に来るまで、まだ半信半疑だった。

　だがここまで来たという事は、燈子先輩も本気なのだろう。

　それならば、俺がここで怯《ひる》んでいてどうするんだ。

　そう思いながらも、部屋に入る時の俺の足は震えるような感じがした。

　無理もない。高校時代からずっと憧れていた、あの燈子先輩と一緒にホテルに入ったのだ。

　今となっても、この状況が信じられない。

　部屋はツインタイプだった。窓からベイブリッジやお台場の夜景が見える。

　カップルでクリスマスを過ごすには最高の部屋だろう。

　燈子先輩は手にしていたバッグとコートをベッドの上に投げ出すと、そこに腰をかけた。

　俺はもう一つのベッドにおずおずと腰をかける。

　燈子先輩とは向かい合う形だ。

　それまで怖いような緊張したような面持ちだった燈子先輩が、俺の顔を見て眉根を寄せた。

「血が出てる……」

　そう言われて俺は慌てて拳で口元をこすった。右手に少量の血が付いている。

鴨倉に殴られた時のものだろう。

興奮していて気が付かなかったが、どうやら唇を少し切っていたようだ。

燈子先輩は自分のバッグを開くと、中から脱脂綿を取り出した。

「じっとしていて」

それで俺の唇の左側を押さえるように拭う。

「本当は消毒したいんだけど……」

そう言いながら、やはりバッグから取り出した絆創膏《ばんそうこう》を貼ってくれた。

「大丈夫ですよ、大した傷じゃないし」

俺がそう言うと、燈子先輩は心配そうに俺を見つめた。

「ごめんなさいね。私のために、殴られるような事になってしまって……」

「そんな、謝らないで下さい。燈子先輩が謝るような事じゃないです」

俺は燈子先輩を見つめ返す。

彼女の深い蒼《あお》みを帯びたような瞳が俺を見つめる。

長い睫毛《まつげ》、小ぶりながらもすっきりと通った鼻筋、小さく形の良い朱色の唇。

改めて燈子先輩の美しさに、俺は頭がクラクラするような気がした。

俺と燈子先輩の間で、何とも言えない沈黙の時間が流れた。

その沈黙が息苦しく感じられた時、俺は我慢しきれずに口を開いた。

「あ、あの、燈子先輩……」

「……なに？」

「……本当にこれで良かったんですか？」

「どういう意味？」

「その、鴨倉先輩の事とか、俺とここでこうしている事とか……」

俺としても燈子先輩の気持ちを無視してまで、無理矢理《むりやり》一夜を共にする気はない。

あくまで彼女が「その気になってくれる事」が第一条件だ。

もし燈子先輩に少しでも迷いがあるなら……俺は大人しく家に帰るつもりだ。

「哲也《てつや》の事は仕方が無いわ。私ももう『別れる』って事だけは、決心していたし」

燈子先輩は静かにそう答えた。

それを聞いた俺は、息を呑《の》んで最後の質問をした。

「それで……俺と、ここに来たって事は……えっと、俺と一夜を共に……」

燈子先輩がフッと視線を外した。

そうして俯《うつむ》いたまま上半身を横に向け、揃《そろ》えた膝の上で両手を固く握った。

彼女の横顔、その透き通るような白い肌がピンク色に染まっている。

「……まず、シャワーを浴びてきて……」

燈子先輩が微《かす》かに、恥じらうようにそう言った。

「あ……はい……」

俺は言われるがままぎこちなく立ち上がると、バスルームに向かった。

バスルームも豪華な造りだ。ここからもベイエリアの夜景が見える。

俺はシャワーを浴びたまま、しばらく立ち尽くしていた。

……俺は本当にこれから燈子先輩と……？

……『陰のミス城都大《じょうとだい》』『真のキャンパス女王』と呼ばれて、全城都大学男子の憧れでもある彼女と？……

……俺自身、高校時代からずっと片思いだった憧れの人と……？

息苦しささえ感じる。こんな事は俺の初体験であるカレンとの時でさえ無かった。

だけど……ここまで来たらやるしかない。

俺だってそれを願っていたはずなのだ。

そもそも最初に彼女に「浮気して下さい」と言ったのは俺なのだ。

俺は当初の目的通り、俺の彼女を寝取ったクソ先輩から、その彼女を寝取る事に成功したのだ。何も躊躇《ためら》う事はないはずなんだ。

……オマエハ、ソンナ気持チデ、燈子先輩ト、結バレタイノカ……？

誰かが俺の頭の中で、そう問いかけた。

シャワーの水気を完全に拭き取った俺は、スッキリとした気持ちでバスルームを出た。衣類はキッチリと全て身に着けている。

燈子先輩は、俺がバスルームに入る前と、全く同じ姿勢のままベッドに腰かけていた。

そして俺がバスルームから出た事を察すると、いきなり頭を下げた。

「ごめんなさい！　私、やっぱり今日は帰る！」

俺の姿を見ずに、彼女は叫ぶようにそう言った。

「パーティではあんまり腹が立って……思わずあんな事を言ってしまった。そのまま勢いでここまで来たけど……でもやっぱり出来ない。私は結婚まで、誰ともそういう事はしないから！」

「えっ？」

俺は思わず驚きの声を上げた。

『結婚まで、誰ともそういう事はしない』？　それって……

「あの、燈子先輩が『今夜は帰る』って言うのはいいんですけど……その『誰ともそういう事はしない』って？」

燈子先輩は赤い顔をしたまま頷《うなず》いた。

「それって、鴨倉先輩とも一度もそういう事はした事がない。そういう意味ですか？」

彼女は再び頷いた。

「でも燈子先輩は言ってましたよね？　『鴨倉先輩が初めての人』って」

彼女が赤い顔のまま、上目遣いに俺を見た。

「それは『初めて付き合った人』って意味。『初めて肉体関係を持った相手』なんて言ってないわ！　私はこれまで、そんな事は一度もした事はありません！」

恥ずかしそうに、そして少し拗《す》ねた口調でそう答えた。

ほぇ〜。

この時、俺は頭の中だけではなく、世界全部が真っ白になった気がした。

「今日まで哲也には『クリスマス・イブになったら、私の初めてをあげる』って言っていたの。哲也もそれで凄《すご》く期待していて……それを条件に今まで無理なお願いも聞いて貰《もら》っていたんだけど……」

俺は呆《ほう》けた状態で、ただ燈子先輩の言葉を聞いていた。

そして……同時に俺は凄く安心していたのだ。

バスルームで俺が決心した事、それは『今夜は燈子先輩と何もしない』。

俺と燈子先輩の関係は、そんな軽いものではないし、こんな形で結ばれるのは俺の本心じゃない。

俺にとって燈子先輩は、もっともっと大切な存在になっていたのだ。

だから……彼女が鴨倉と何も無かったというのは、とても嬉《うれ》しい驚きだった。

「ごめんなさい、一色《いっしき》君。あなたの気持ちを弄ぶようなマネをしてしまって。でも私は決して……」

「いいんです、燈子先輩」

俺は静かに、優しくそう言った。

「あなたは絶望のどん底にいた俺を救ってくれました。このどうにも出来ない苦しさの中で『二人に復讐《ふくしゅう》する』という目的を与えてくれました。俺が自暴自棄にならずにここまでやって来れたのは燈子先輩のお陰です。本当に感謝しています」

燈子先輩が俺を見上げた。その目が潤んでいる。

「私こそ……一色君が居てくれて、本当に助けられた。あなたが私の崩れそうな心を支えてくれた。お礼を言うのは私の方だよ」

そう言って燈子先輩は俺を見つめた。

俺も燈子先輩を見つめる。彼女の瞳の中に、俺は吸い込まれそうな気がした。

そのまま二人の顔が近づいた時……スマホの着信音が鳴り響いた。

二人ともハッとして身体《からだ》を引き離す。

燈子先輩が慌ててベッドの上のバッグを摑《つか》んだ。中からスマホを取り出す。

燈子先輩はしばらくスマホを見つめていたが、やがて顔を上げた。

「ごめんなさい。お父さんが迎えに来たみたい。私、もう行かないと」

「いいんですよ。気にしないでください」

俺は笑顔でそう言った。本当はちょっと残念な気がしたけど。

燈子先輩はベッドから立ち上がると、自分のコートとバッグを手にした。

「それじゃあ、私は行くね。一色君はゆっくりして行って。チェックアウトは明日の朝十時だから」

本当は一人でこの部屋に泊まるのは、ちょっと寂しいんだが……仕方がないか。

「あ、ちょっと待ってください」

ドアを出ようとする燈子先輩に、俺は慌てて声をかけた。彼女が俺を振り返る。

「いや、その……計画が終わってしまったら、もう燈子先輩が俺と会う用事は無いと思うんですけど……でもせっかく燈子先輩ともこうして親しくなれたんです。これからも時々、会って話をしてもらえませんか？」

不思議そうな目をした燈子先輩が、それを聞いてニコッと笑った。

「いいわよ。お互い、相手がいない寂しい者同士だし。また連絡して、一色君」

そう言うと彼女は「じゃあ、またね」と照れたように言って、ドアを開けて出て行った。

一人になった俺は、手足を伸ばしてベッドに横になる。

何か清々《すがすが》しい気分だ。

『私は結婚まで、誰ともそういう事はしない』

さっきの燈子先輩の言葉が蘇《よみがえ》る。

イマドキ珍しい考えかもしれないが、燈子先輩らしいと思えた。

そういう点もきっと彼女の魅力の一つだろう。

……つまり、こういう事だよな。燈子先輩はまだ処女で、あの鴨倉も一度もHできてない、と……

そして今までの事も全て合点がいった。


なぜ鴨倉はあんなにアッサリと、カレンとの浮気旅行を取《と》り止《や》めたのか。

燈子先輩はなぜ鴨倉を操ることが出来たのか。

燈子先輩が言っていた『鴨倉に対する有効なカード』とは何か？

全ては『燈子先輩との初H』を鴨倉が期待しての事だったのだ！


そう思った瞬間、俺は爆笑した。部屋中に俺の笑い声が響き渡る。

……鴨倉は高校時代から燈子先輩を狙っていた。

……今年になってやっと彼女と付き合う事が出来た。

……だが彼女とは一度もＨ出来ていない。

……そして今夜、俺がその燈子先輩と一夜を共にした事になっている。

これってスッゲー『トンビに油揚げ』状態じゃね？

カレンなんかに引っかかったがため、鴨倉は極上の初物を、俺に奪われたって事か？

これは男として最高に悔しいだろ。

そして俺は倍返しどころじゃない、この上ないデッカイ仕返しが出来た事になる。

……最高だ、やっぱり最高だ、燈子先輩！　こんな状況を作り上げるなんて……

俺は笑い転げた。他人が見たら、気が触れたんじゃないかと思うだろう。

……よし、やってやろうじゃないか。俺が燈子先輩の本物の彼氏になってやる。そして『桜島《さくらじま》燈子の全て』は、俺が貰ってやる……

俺の新たな目標が決まった。

そこまでやってこそ、『ＮＴＲ返し計画』は完了なのだ。

俺の、一色優《ゆう》の戦いは、いま始まったばかりだ！

十五　エピローグ【SIDE 燈子】

「クリスマス・パーティは楽しかったのかい、燈子《とうこ》」

ホテルベイ東京インターナショナルからの帰りの車の中で、父がそう聞いた。

「え、どうしてそう思ったの？　パパ」

「見ればわかるよ。それに燈子が一人でニコニコしているなんて、滅多《めった》にない事だからね」

私はそんなに浮かれた様子だったのだろうか？　少し恥ずかしい。

「ええ、色々あったけど、最後は嬉しい事があったから……」

私はホテルでの一色《いっしき》君の様子を思い出して、改めてクスッと笑いながらそう言った。

「それは良かった。ここ数ヶ月の燈子は、ずっと何か考えているようだったから。でも今はそれが吹っ切れた感じだからね」

「そうかな……」

私は前を見た。

湾岸道路のオレンジに光る街路灯が、前から後ろに流れていく。

それが私には走馬灯のように思えた。

この二ヶ月間の出来事が、改めて脳裏に浮かび上がる。

一色君が初めて私に電話をして来た時。

哲也《てつや》の浮気をハッキリと知った時。

二人で、浮気した恋人に仕返しをすると誓った時。

それから二人で協力して過ごした日々。

彼と一緒に行った南房総の一日デート。

そして……今夜のこと。


彼は「私のお陰でここまでやって来れた」と言ってくれた。

だけどそれは私も同じ。

一色君が居たからこそ、私は哲也という現実を直視する事が出来たし、自分の気持ちを認める事ができた。

彼が居なかったら……私は今でも自分を殺して、仮面を被《かぶ》った交際を続けていたのかもしれない。

それで将来、後悔することになったとしても。

私は手にしていたスマホを見た。

写真フォルダに収めた、南房総での写真を開く。

……普通にしている燈子先輩が一番可愛《かわい》いです。思ったままに感情を素直に出している燈子先輩は魅力的です……

あの言葉がどれだけ嬉しかったか。私を力づけてくれたか。

この写真を見ると、あの時の記憶が蘇《よみがえ》って温かい気持ちになれる。

……

一色くん、ありがとう。そしてごめんなさい。

私も心の中で、あなたの存在がどんどん大きくなっていくのを感じていた。

あなたは他の男性にはないものを持っているし、他の男性では与えてくれないものを私に与えてくれた。

私は自分でも気付かない内に、あなたに惹《ひ》かれていたんだと思う。

だけど今夜、あなたに全てをあげるというのは、今までの自分の行動に嘘《うそ》をついている気がするし、あなたが好きになってくれた私を裏切るような気がしたの。

私とあなたが結ばれるのに、こんな事を理由にはしたくない。

いつか、私達が自然に向き合える時が来たら……

……

「……そうかもしれないわ」

夢のように流れる街路灯を見ながら、私は呟《つぶや》いた。

そう、そしてここから彼と私の、新しい一ページが始まるんだと。

あとがき

初めまして。本作がデビュー作となる震電《しんでん》みひろです。

『彼女が先輩にＮＴＲ《ねとら》れたので、先輩の彼女をＮＴＲ《ねとり》ます』を手に取って頂き、ありがとうございました。『ＮＴＲ』という恥ずかしい単語が入っているにもかかわらず、レジに持っていって頂いた点にも、重ねて御礼申し上げます。

本作は第６回カクヨムＷｅｂ小説コンテストにて、ラブコメ部門特別賞とＣｏｍｉｃＷａｌｋｅｒ漫画賞を頂いたものに（大幅な？）加筆修正を加えました。

ところで皆様は、彼女または想《おも》い人に裏切られた事があるでしょうか？

辛《つら》いですよね、苦しいですよね、絶望して世の中全てを呪ってやりたいですよね。

そんな時、自分に寄り添って一緒に戦ってくれる女性がいたらどんなにいいでしょうか？

しかもそれが長い間憧れていた女性だったら……そんな思いから本作は生まれました（笑）

ちなみに『ＮＴＲ』という単語から、もっと刺激的な展開を期待された方、ごめんなさい。私自身はＮＴＲにそんな強力な意味があると思っていなかったので。（ラノベですし）

それから「ラブコメらしくない！」とお怒りの方、この先の優《ゆう》と燈子《とうこ》の関係にご期待下さい。読者の皆様の応援があれば、きっと満足頂けるラブコメ展開が……

最後にお世話になった方々に謝辞を述べさせて下さい。

当初から親身になって色々と教えて頂き、改稿作業にお付き合い頂いた担当の中田《なかだ》様。

イメージ以上のイラストで登場人物に命と身体を与えて頂いた加川壱互《かがわいちご》先生。

この小説をマンガにしてキャラを動かして頂く宝乃《たからの》あいらんど先生。

そして恥ずかしいくらい多くのミスを発見し直して頂いた校正の方。

皆様に支えて頂けたからこそ、私の『文章』が『手に取れる作品』として、こうして存在する事が出来ました。ありがとうございます。

そしてこの本を手に取って頂いた方、ＷＥＢ小説の時に読んで頂いた方、応援して頂いた方、全ての読者の方々に厚く＆熱く御礼を申し上げます。（土下座感謝です！）

皆様のお陰で長年の夢だった『自分の小説を本にする』事が叶《かな》えられました。

この本が売れて、第二巻で再びお会いできる事を切に願っております。

追伸

『月刊コミック電撃大王』にて本作のコミック版が連載されます。

そちらもぜひ応援頂けると幸いです。

彼女《かのじょ》が先輩《せんぱい》にNTR《ねとら》れたので、先輩《せんぱい》の彼女《かのじょ》をNTR《ねとり》ます

著　震電《しんでん》みひろ

角川スニーカー文庫　22933

2021年12月1日　初版発行
2022年6月10日　4版発行

発行者　青柳昌行

発　行　株式会社KADOKAWA
〒102-8177 東京都千代田区富士見2-13-3
電話　0570-002-301（ナビダイヤル）

印刷所　株式会社暁印刷
製本所　本間製本株式会社

Printed in Japan　ISBN 978-4-04-112037-8　C0193

★ご意見、ご感想をお送りください★

〒102-8177 東京都千代田区富士見 2-13-3
株式会社KADOKAWA　角川スニーカー文庫編集部気付
「震電みひろ」先生
「加川壱互」先生

[スニーカー文庫公式サイト] ザ・スニーカーWEB　https://sneakerbunko.jp/

角川文庫発刊に際して

角川源義

第二次世界大戦の敗北は、軍事力の敗北であった以上に、私たちの若い文化力の敗退であった。私たちの文化が戦争に対して如何に無力であり、単なるあだ花に過ぎなかったかを、私たちは身を以て体験し痛感した。西洋近代文化の摂取にとって、明治以後八十年の歳月は決して短かすぎたとは言えない。にもかかわらず、近代文化の伝統を確立し、自由な批判と柔軟な良識に富む文化層として自らを形成することに私たちは失敗して来た。そしてこれは、各層への文化の普及滲透を任務とする出版人の責任でもあった。

一九四五年以来、私たちは再び振出しに戻り、第一歩から踏み出すことを余儀なくされた。これは大きな不幸ではあるが、反面、これまでの混沌・未熟・歪曲の中にあった我が国の文化に秩序と確たる基礎を齎らすためには絶好の機会でもある。角川書店は、このような祖国の文化的危機にあたり、微力をも顧みず再建の礎石たるべき抱負と決意とをもって出発したが、ここに創立以来の念願を果すべく角川文庫を発刊する。これまで刊行されたあらゆる全集叢書文庫類の長所と短所とを検討し、古今東西の不朽の典籍を、良心的編集のもとに、廉価に、そして書架にふさわしい美本として、多くのひとびとに提供しようとする。しかし私たちは徒らに百科全書的な知識のジレッタントを作ることを目的とせず、あくまで祖国の文化に秩序と再建への道を示し、この文庫を角川書店の栄ある事業として、今後永久に継続発展せしめ、学芸と教養との殿堂として大成せんことを期したい。多くの読書子の愛情ある忠言と支持とによって、この希望と抱負とを完遂せしめられんことを願う。

一九四九年五月三日